I0687329

Il sogno buio
di Claudia Ronchetti

Il sogno buio
© 2018 Riccardo Condò Editore
ISBN 9788897028703

Stampato da Amazon KDP, U.S.A., su licenza di Riccardo Condò
Editore
Collana Narrativa e Poesia/2
www.ipersegno.it

Tutti i fatti narrati e i personaggi citati sono frutto di fantasia e invenzione letteraria e non sono riconducibili in alcun modo ad eventi realmente accaduti o a persone esistenti. Ogni riferimento al mondo reale è puramente casuale.

In copertina, "citazione" grafica di un'opera pittorica
di David Lynch.
Ipersegno è un marchio editoriale di Riccardo Condò Editore,
Pineto (Te) - Italia.

Claudia Ronchetti

Il sogno buio

2018

IPERSEGNO

Sommario

PREQUEL

Questa è una storia narrata a puntate nella cronaca nera – l'evento dell'anno.

Questo è un film.

Chi non l'ha visto?

Una storia letta – sezionata – analizzata – discussa-contesa – condannata – abusata – pietosa – terribile.

Oppure è un fatto successo ai vicini, in casa nostra, dall'altra parte del mondo.

È una Storia che, volenti o nolenti, ci appartiene.

Erano gli anni in cui il cristo era sceso dal crocefisso delle nostre chiese e l'ala della psicosi aveva rabbuiato la città come la proteggesse dalla luce.

Le periferie di provincia erano maleodoranti.

Al risveglio si provava la sensazione di doversi lavare e ripulire in un ritmo ossessivo. E mai ci si sentiva puliti.

La puzza dei cassonetti straripanti trasformava la pianura in un'unica discarica.

Erano gli anni in cui un giorno d'ottobre ebbe fine questa storia.

Nata in un tempo diverso, portatore apparentemente sano, di mutazioni devastanti.

Niente si distrugge e le antiche pesti, che si credevano sconfitte, potevano risvegliarsi e uscire dalle piccole urne congelate in cui erano state conservate per farne un uso ancora da decidere.

I fulmini erano finiti, bastava aprire le fogne perché l'acqua per ripulire il mondo ormai scarseggiava. Dio portatore di piaghe, le stesse che avevano deturpato per millenni il genere umano.

Eppure la storia è semplice, come tutto quello che succede davvero e possiamo vederlo accadere qui, su queste strade.

Il parroco allora invitava alla preghiera, ma ancora mia madre prega perché glielo dice il prete e porta in sé delle paure indefinite quanto atroci e persecutorie.

Eppure il tempo si era riassestato intorno a una traiettoria diversa e quello che si temeva un tempo si era frazionato a tal punto da apparire irrilevante.

Niente muore, niente sparisce. A volte si disgrega, a volte ritrova coesione. In me ha ritrovato coesione il tempo che mia madre ha voluto ignorare.

Exit

Io sento – sento – sento.

Sento il tempo prima del tempo.

Io freno – strido – consumo sull'asfalto il battistrada.

Quando sento e fuggo perché non voglio che venga quel tempo.

Non so cosa ci aspetta, né chi è il nemico.

Non conosco il volto, la voce.

Sento sopra la testa un'ala nera che mi sfiora e sfiora tutto quello che vedo.

Non sono il solo in pericolo.

La possibilità.

Reagire.

Non aspettare.

Affrontare.

Cercare.

Scovare il suo nascondiglio.

Dovunque.

E se fossi io, il tempo che deve venire?

E se il presagio volasse dentro di me?

Un autoscatto del mio cervello e il presagio diventa minaccia d'apocalisse.

Sto montando i fotogrammi sono chiuso nella camera oscura.

Amo l'oscurità antica di una stanza segreta.

Basta correggere i tempi, la successione, tagliare e dilatare.

Ecco il simbolo.

Solo io posso sconfiggerlo perché io solo lo conosco.

È il mio segreto.

Quando sono rientrato mia madre mi ha rivolto un saluto.

Non so mai se mi vede davvero.

Sono un impegno per lei, una sofferenza.

Ma sono in cura da anni e me la cavo.

Si lamenta che io non le parlo.

Ma io non parlo.

È questo il mio problema.

Non so più parlare.

So ascoltare.

Il mio amico Bob per esempio.

E so pensare.

Ma anche questo è il mio segreto.

Pensare è un'antica roccaforte dove io respingo gli attacchi e mi nascondo.

Le segrete sono la mia libertà.

Vivo lì, umido e dolorante, ma vivo.

Solo come Dracula, triste e disperato con la sua stessa sete.

"Docile docile – devi essere docile."

È la luce dell'alba.

Litania del mattino.

La luce rarefatta e chiara, sfocata – presagio di passione.

Gesù Cristo muore e risorge.

Il cielo lo rapisce alla terra.

Muore il vampiro, si rifugia in angolo fra due pareti umide e fredde, nel labirinto sotterraneo del suo palazzo in disfacimento, sulla testa ha le macerie.

In posizione fetale aspetta di nascere ancora.

Ora è dolore.

Dolore dell'anima più dolore del corpo.

Io soffro.

Lo psicologo mi diceva che la carne è bersaglio dei conflitti.

Un po' qua e un po' là.

Farmaci per rompere il circolo del masochismo.

Io lo ascoltavo e ubbidivo.

E mi dicevo
"Uccidi uccidi se vuoi – se puoi. Sarai libero."
Uccidi uccidi, dicevo.
E non lo facevo.
Neppure oggi lo faccio.
Sono un prigioniero quando l'aria chiara delle giornate pretende da me che io sia un uomo.
Come gli altri, spaventato – arrovellato – mitragliato, ma comune e rispettoso, altalenante fra la voglia nelle mani di stringerle al collo di qualcuno e la pietà di immaginare un povero corpo senza più respiro.

Mia sorella Margot, così io l'ho battezzata.
Mia madre l'aveva chiamata Maria, io mai.
Era un nome blasfemo nella bocca di mia madre.
Mi chiamavano pazzo fin da bambino perché avevo cambiato nome a mia sorella.
"Ma Maria è la mamma di Gesù" rispondevo.
"Non può essere il nome di una sorella."
Una sola è Maria. Così credevo d'istinto.
Mia madre mi aveva insegnato un paio di preghiere, io le recitavo di notte sotto le coperte, nascosto.
Lo psicologo dice che una sola è la madre, la madre Maria.
E tutto si spiega.
"Sei geloso di tua sorella" ribadisce a ogni colloquio.
Sarà, ma io ora ho deciso di tacere parlo e vivo con Bob.
Ancora adesso mia sorella è assennata com'era da bambina.
Giudiziosa e composta. Mi domandavo se mia sorella fosse vera, se esisteva, se non fosse finta.
Eppure siamo figli degli stessi genitori.
Almeno credo.
Oppure io sono stato concepito da un amore clandestino?
Io la colpa.
Per questo mia madre mi ignora.

15

Lei è pazza, lei crede di essere Maria.

Ma Maria, la madre di Cristo, ha amato questo figlio illegittimo e l'ha donato al mondo intero.

Mia madre mi uccideva fin da quand'ero piccolo ogni volta che era costretta a prendermi per mano.

"Chi è pazzo?" domando spesso allo psicologo

"Io o mia madre?"

"Lo scopriremo" mi risponde.

Lui è un professionista serio.

Mia sorella è tranquilla.

Mentre il cielo svapora stamattina, è seduta al tavolo della cucina, contro-luce, e si ingoia una fetta di pane con il burro e con il miele, la intinge a ritmo costante nel thè ambrato.

La tazza la accoglie.

Io penso al sesso e lei

"Vuoi?" mi chiede.

Cosa voglio?

Thè e pane – burro e miele o voglio sesso?

"No grazie, non ho voglia"

Esco subito e penso a quando il suo uomo se la scopa.

Ce l'avrà un uomo?

Penso a me dentro di lei, perché lei non è Maria.

"Vado a lavorare"

"Come vuoi, ma dovresti fare colazione"

Perché lei ha buon senso.

"La mamma non sta bene" mi urla dietro.

Io sento ma faccio finta di niente.

È una vita che mia madre non sta bene.

Non sta bene per non vedermi in faccia, perché io sono la sua pena.

Ma c'è Margot che l'accudisce, io posso pensare a come deve essere bello scoparsi mia sorella.

Così saggia, così ragionevole.

E farle sentire sulla pelle che a questo mondo c'è poco di ragionevole.

C'è il dolore.

Vorrei farle male, farla urlare, farla morire sotto di me.

"Uccidi facendo godere" ripeto "ma uccidi uccidi".

Lo psicologo dice che sono fantasie.

Ce le hanno tutti.

"Forse è meglio non saperlo" penso io mentre inizio a scaricare merci da un camion rosso come quello dei pompieri.

L'aria è lieve come l'anima anche qui, dietro l'ipermercato dove lavoro.

Mia madre mi rimprovera di non avere fatto niente dei miei studi.

Io taccio.

Ho la mente libera quando carico e scarico, come una piuma in assenza di aria.

Quella piuma è il mio angelo, ma nessuno lo sa, neppure il mio amico Bob.

Penso a Bob, il mio amico

Ho voglia di vederlo, stasera al pub, buio d'Irlanda e birra qualsiasi, la sua faccia chiara che prende il colore dalle luci del locale, lui biondo rossiccio, lineamenti delicati e maschili, lui che pensa e parla e mi ascolta.

Si sta bene per qualche ora, io e Bob insieme.

"Non mi chiamo Bob" mi ripete ogni tanto "Ma Roberto"

"Non mi piace Roberto, neanche Roby. Tu sei Bob"

"E va bene, tu e la tua mania di cambiare i nomi. Cosa dice lo psicologo di quest'abitudine?"

"Dice che va bene così, che mi invento un mondo a mia dimensione e cambiare i nomi è il primo mattone"

"E tua madre come la chiami?"

"Non la chiamo, non esiste. Non dirmi che dovrei cercarle un nome io sono orfano e non solo di padre... Forse lui era peggio di lei, ma non l'ho conosciuto. È solo un'ombra grassa e pesante nei primi ricordi. Potrebbe essere l'orco delle favole o Babbo Natale, non l'ho mai saputo."

"È strano sai, in fondo avevi tre-quattro anni quando è morto"

"A volte mi convinco di essermi inventato un padre o di averlo sognato o ce l'ha raccontato mia madre per nascondere i suoi peccati"

Bob è disponibile, ascolta, beve quel che basta per chiacchierare di gusto, mi saluta con una pacca amichevole sulla spalla sinistra, sempre.

Sto bene dopo le nostre sere a due.

La notte è chiara e buia illuminata e amichevole.

Sto bene ed ho sonno.

Le strade sono gradevoli, le piazze pure, cammina qualche solitario – come me.

Non ci guardiamo né ci ignoriamo.

So che a casa dormono.

Non le vedrò fino a domani mattina, mia madre e mia sorella nello scalcinato letto matrimoniale, cimelio di un matrimonio fantasma. Dormono insieme perché non c'è altro posto, la casa è un buco, io dormo in cucina, su un divano. Dormono insieme come due sorelline malate.

"Malate e morbose" ho detto un giorno a Bob.

Malate come sono le donne sovente, malate di fiabe e debolezza. E di rancore, mia madre mi odia perché di me ha paura.

"Perché sono un uomo?" Vorrei chiederle...

Che idiozia, per il suo grande amore Dio ci ha creato uomini e donne. Non è vero mamma?

A volte penso che mi temano e tremino come gli agnelli davanti al lupo.

"Non vi faccio niente, tranquille" mi è capitato di dire.

Sogghignavo soddisfatto, però.

Era un segno, per me.

Il segno di un potere.

"Siamo uomini Bob" possiamo mandare a quel paese madri sorelle donne puttane e sante.

Mi solleticava l'idea, mi gustavo quel pensiero, sottile piacere di umiliare, ferire, oltraggiare.

Lo psicologo dice che è normale pensare certe cose.

L'importante è non tenerle dentro, dirle a lui, a Bob.

Bob retaggio di anni lontani. Una birra, Bob e il suo filosofare.

Bob non filosofeggia, fa filosofia al pub, con la sua faccia straniera, volto nobile e butterato, di chi trascurare l'aspetto per rompere il cazzo alla gente. Eppure Bob è un saggio. Sa di fumo, sa di vecchio, ha la tosse. Sembra un professore di filosofia d'altri anni che si scopa le studentesse più giovani. Quelle fresche, alla pesca o alla mora, quelle per cui rischi la denuncia. Eppure Bob passa ore a parlare con me. Non ho mai saputo cosa lo spingesse a farlo. Forse perché ero l'unico che poteva ascoltarlo. Forse perché pensava fossi un povero diavolo e con me provava un'erezione cerebrale. Forse per questo o per altro, ma era un povero diavolo anche lui. Sapeva parlare però, infarciva d'olive avvizzite sul banco del pub, ogni discorso fumoso, legnoso o scontato che fosse.

L'aria è tiepida stanotte.

Sento profumo d'autunno clemente, di foglie umide di stanchezze malaticce.

Sento profumo di amanti nell'aria.

Annuso i loro corpi madidi, sfatti d'amore. L'aroma acre del sudore.

Vedo.

Vedo notte e luci inventare l'abbraccio, tronchi nodosi di alberi deboli cresciuti addossati forti solo della loro vicinanza.

Foglie morte calde di scirocco d'autunno.

Li sento ansimarsi addosso come il vento che sbatte alla porta e fatica ad entrare.

Mi accorgo dei dettagli disgustosi della lotta disperata di due poveri cretini che credono di avere l'eterno mescendo le loro salive. Un nettare magico di batteri e scorie.

"Fanno schifo"

So dove sono.

Ho visto la casa le scale l'ascensore la porta.

Quando li incontrerò li riconoscerò li condannerò li grazierò perché dovranno pregare e singhiozzare come due bambini se vorranno tornare tra i vivi.

Dovranno rinunciare al loro stupido amore

Stupide deboli anime!

Un patto con me. Come io fossi il diavolo.

"Rinunciate per sempre al vostro ridicolo amore?"

Col sangue di una vena a piacere o con la saliva che sputeranno, con il sangue mestruale e lo sperma firmeranno la rinuncia e saranno vivi. E saranno felici del poco che possiedono.

Una bocca per mangiare e il cibo per sfamarsi.

L'aria da respirare e non è poco.

Una voce per parlare.

Un letto per dormire.

Questo deve bastare.

A quei due esaltati.

Mi diverto con questo gioco.

È magico capire che avere potere di vita o di morte è molto meglio di qualche scopata.

Li cercherò e li scoverò.

Però

"Stasera è troppo caldo."

Fa pensare che tutto finirà.

Ho la birra sullo stomaco, sudo e ho mal di testa.

Mi manca Bob.

Vado a dormire.

Le donne già russano.

La vecchia rantola e geme, trattiene il respiro esplode in un boato, l'altra sembra affetta da una sinusite cronica.

Mi fermo e le guardo, dormono con una luce accesa, nell'angolo della stanza, come due bambine che hanno paura dei loro sogni.

Com'è brutta mia madre nella sua vecchiaia nata da paura e rancore, com'è inutile mia sorella saggia e anonima, infelice e contenta.

"Saranno loro le prime?" mi domando.

Ma no, Bob, non preoccuparti scherzo e gioco come se le fantasie bastassero.

Parlo spesso con Bob anche se lui se ne sta a casa sua a leggere e studiare – lo fa spesso Bob – e a me fa bene.

I sogni non sono presagi.

Fra quel paio di birre e il caldo ho dormito facendo a pugni con me stesso.

Ho sognato una donna seduta di fronte a me e una voce fuori campo che diceva

"È la terza questa, la terza che uccidi"

E le altre due dove sono?

"A che ora torni?" mi dice mia madre le spalle girate al lavello mentre lava le tazze della colazione.

La sua cucina bianca il ripiano macchiato di olio.

Il pavimento lavato sì e no.

"Mia madre non sa fare niente!" urlo a Bob che non sente come non sento io il suono del mio pensiero e non lo sente mia madre che continua a trafficare con le mani nel lavello senza ruotare il collo nella mia direzione.

Ho il vizio degli urli che rimbombano dentro.

Mi fanno male, lo so.

Dovrei parlare, mi dice lo psicologo…meno male che fra me e mia madre c'è lo spazio dell'attesa.

Urlo dentro e non esplodo.

"Alle cinque" rispondo

"Fa freddo" aggiunge.

Mia madre sa essere affettuosa.

È ghiacciato.

Com'è possibile?

Dopo il caldo di stanotte.

Il cielo cupo e orizzontale schiaccia il mio percorso fino all'ipermercato.

Solo in fondo c'è atmosfera.

Là c'è spazio, là c'è aria.

Ma non è liberazione è il panico.

Lo conosco.

Stasera vedo Bob e glielo dico.

Salto l'appuntamento dallo psicologo.

Sono anni che parla e parla e mi vuole fare parlare.

Ma io voglio tacere.

Voglio agire.

Non so se mi vedrà ancora.

Qui giù non c'è niente di buono per me.

Non mi va questo non mi va quello… Bob mi fa la predica ogni volta

"C'è un sacco a cui appassionarsi, ascolta musica fa qualcosa cerca una donna occupati del sindacato"

Non voglio ascoltarlo quando fa così.

Non finisce più non fa pause insiste è il contrario di mia madre.

Ma fra me e lui non c'è la distanza di sicurezza.

E poi… io non posso avere una donna non posso.

Sarebbe la terza.

Ma questo non lo dico a Bob.

A Bob non posso fare del male neppure giocando.

E quando rientro mi infilo sotto la doccia calda.

Mia madre è in cucina da una vita, mia sorella l'aiuta.

Chissà se si parlano?

Mia sorella si è voltata e mi ha detto ciao.

Mia madre pure, ma non si è voltata.

Chissà che faccia ha mia madre?

Quando esco, sono a tavola.

"Non ceni a casa?" mia sorella

"Non ne ho voglia mangio fuori"

Mia madre "Fa freddo"

"Lo so" rispondo.

Com'è cominciata questa storia? Potrei sottopormi a ipnosi regressiva dice lo psicologo.

Avrebbe bisogno di parlare con loro due, dice.

Terapia famigliare, continua.

Sogni d'oro, gli dico.

E intanto sento l'odore delle bandiere dei sessantottini di casa nostra. Ero un bambino, li vedevo sfilare e sentivo odore di pizza e di figa.

Ecco con quella, con quella che passa e ondeggia, saprei cosa farci – è deliziosa e irritante.

Potrei distruggere la sua vita.

Questo è un bel gioco.

Pensare studiare architettare come eseguire il progetto.

È buio freddo e Bob può aspettare.

La seguo per una decina di minuti, a distanza.

Ondeggia ondeggia, mi fa venire nausea.

Mi annoio e la lascio alla sua strada breve o lunga che sia.

Sto cercando qualcosa.

Non è lei.

Dicevo allo psicologo, forse un mese fa, che io sono un non violento, non riesco a calpestare una formica.

"Interessante, continui"

E ho continuato.

Perché mi disorienta l'idea che un mio piede, una mia mano possano uccidere un qualsiasi vivente.

Il potere di vita e di morte non deve essere affidato al caso.

Bisogna decidere, volere.

Ma queste considerazioni le ho tenute per me.

Lo psicologo mi ha detto che sono un buono che devo alimentare in me una sana aggressività e ambizione…

"Cioè?"

Lui sa che quaggiù per me non c'è niente di niente.

Quando rientro in quel rifugio da donne, la tana dove si nascondono con i loro problemi le padelle e il ferro da stiro, quando entro in cucina e apro il frigo e ci trovo solo succo d'arancia senza zucchero, mia madre mi dice come se parlassimo sempre

"Sai che è morta Ottavia?"

"E chi è Ottavia?"

"Come non la ricordi? Da bambino giocavi con suo figlio… è una mia cugina alla lontana"

"Ah"

Non ricordo, non ricordo della mia infanzia quasi niente, tanto più non ho posto nel cervello per i ricordi di mia madre.

Lei voleva bene a questa Ottavia?

Si è mai affezionata a qualcuno mia madre? Che ne so, se fosse lo ricorderei.

Niente d'importante nelle nostre esistenze.

E ben venga il giorno dopo una nevicata irreale, bianca come la morte.

Telefono e non vado al lavoro.

Sono sempre là non mi manderanno controlli.

Vado in giro da solo, senza Bob.

Ho trovato ieri sera al cellulare, tre chiamate dello psicologo.

Mi fa meglio camminare.

Bianco e piombo sotto il cielo.

Sono stanco.

Ma cammino perché non ho scelta.

Le gambe vogliono muoversi, la testa vuole tacere.

Sul percorso non vedo, non guardo.

Così va meglio.

Questo vuoto si riempirà, lo sento.

Perché ho freddo e penso che niente esista, né io né mia madre, né questa strada, né la neve molle che calpesto.

Forse il piombo, forse sì.

Ma non mi tocca.

Vedo un colore spalmato in alto e uniforme, niente più.

Che senso ha?

Che senso ha che io sia così solo?

Perché sono così solo?

Un uccello enorme cala e vola basso radente l'acqua del fiume.

Vorrei che fosse presagio, ma so che non è.

Non c'è posto per i presagi oggi.

Vedo ghiaccio e definito. Vedo poco oltre quello che vedo.

Ma lei che ondeggia, questo ora lo vedo.

Il suo sesso in mezzo alle gambe, le natiche che scorrono e si strofinano.

Vedo le cosce che si divaricano in alto lasciando lo spazio giusto per infilarci qualcosa.

Vedo il suo amore – non può non avercene uno.

Lo immagino come un coglione qualsiasi.

Ma la rabbia mi afferra le tempie.

È lui che si infila fra le sue cosce.

È lui che sfonda il suo sesso e se la gode.

Io sono qui con i silenzi di mia madre e il buon senso di mia sorella.

Ma non credo al suo buon senso, è la recita di un ipocrita.

Oppure non ha il minimo sale in zucca.

"Ciao Bob"

Ho voglia di scopare e glielo dico.

"Vai con una puttana"

Mi risponde.

Non ho donne da tempo. Troppo. Ho bisogno di sfogarmi.

Ma non voglio pagare.

Se la facessi lavorare e poi la strangolassi?

Non pagherei e chi vuoi che dia peso alla sua morte.

Non frequento prostitute.

Sarei un blitz, un outsider.

Che ne dici Bob?

"Non dire cazzate. Non ha senso. Scopatene una e basta. Vedrai sarà sufficiente. Non hai i soldi? te li do io"

Ma va tu a farti fottere Bob.

Passerà come sempre.

Domani lavoro tutto il giorno, faccio gli straordinari, crollo sotto la fatica, mi faccio una canna…

Poi esco con te Bob.

Fino a quando non ti manderò al diavolo.

Proprio te, proprio te… così intelligente, così amico e saggio…

Non te l'aspetti vero Bob?

Torno in quel cesso di casa che profuma di sugo e bagno schiuma.

La porta del bagno è chiusa.

Una voce da dentro

"Sei tu? Sei un bel deficiente. È venuta la visita fiscale, vediamo domani come te la cavi". È mia sorella.

Apro la porta e il caldo umido mi soffoca, il vapore confonde le idee.

È lei, chinata per raccogliere un asciugamano.

Vedo il suo sesso fra le natiche.

Lei si volta.

Io esco. Chiudo la porta e la sbatto e la batto più volte di seguito.

"Una sana aggressività, positiva" diceva lo psicologo…

Non dormo.

Non abbiamo più detto una parola io e mia sorella.

Lei è in cucina, la sento.

Io nel letto.

Immobile, pancia in su, testa ferma.

Poi decido.

Mi alzo e vado anch'io in cucina.

Come esce gentile la mia voce

"Scusami per prima sono nervoso. Parliamo un po', non lo facciamo mai"

"Disturbiamo la mamma. Un'altra volta"

Torno in camera al buio senza aggiungere neppure una parola. Ma lei mi segue entra.

Allora vuole.

"Chiudi" le dico "altrimenti disturbiamo la mamma".

È sul letto seduta, l'accappatoio si allarga e le scopre il seno, lei lo accosta e si siede.

Accavalla le gambe.

Una coscia è visibile, fino all'inguine.

La tocco.

È umida.

La spoglio e lei mi allontana.

La blocco. Con una mano le chiudo la bocca, con l'altra le infilo le dita dentro il sesso.

"Non urlare, la mamma ne morirebbe"

Povera sciocca, non urla e piange sommessa.

Spingo spingo e le dico:

"Devi godere se no impazzisco. La mamma ne morirebbe"

È una frase magica e gliela ripeto mentre le vengo dentro.

Poi mi alzo ed esco.

Sto bene. Lei è lì, come un sacco.

Non la voglio guardare per ora.

"Mai stato così in forma sono calmo sereno"

"Hai risolto il problema del controllo?" mi chiede

"Già fatto."

Mi sono licenziato.

Lavoro in nero.

Nessuno saprà più che esisto.

Sono passati anni da quella notte.

Mia sorella si è sposata.

Mia madre vive sola.

E io con Bob, all'inizio ero un ospite poi ho condiviso l'affitto e le spese.

Ognuno pensa a se stesso.

Bob pensa anche a me, in parte mi aiuta.

Io sto meglio via da quella casa.

Via da quelle donne.

Da allora poche volte ho rivisto mia sorella, non l'ho trovata molto bene.

Nervosa e pallida, occhi bassi e voce di sfida, magra.

Sta vivendo la sua vita.

Qualche donna ogni tanto ce l'ho. In bar e pub al Sabato sera girano sostanze giuste.

Sono loro, le donne, che ti cercano.

Va bene così, anche se Bob non è più lui.

Non vorrei fosse stanco di me, ma dà segni di esaurimento.

Parla poco, non mi guarda.

A volte mi ricorda mia madre.

Io invece con lui parlo e molto.

Gli racconto le mie sere da sballo, gli racconto del mio ricordo preferito. Le natiche della sconosciuta che si alzano e si abbassano.

"Va a farti curare" mi risponde

"Io? Vacci tu"

Lo psicologo non mi ha più visto. C'è Bob.

Povero Bob non vorrei farlo andare fuori di testa.

I presagi non esistono più.

"Siamo qui per qualche anno" gli dico sempre "perché rovinarsi il cervello quando un uccello plana sull'acqua con le infinite ali di piombo?"

Annegherà quell'uccello. Sono troppo pesanti le sue ali. Precipiterà sul fondo e nessuno lo vedrà più.

Forse è già successo.

Avrei voluto essere là, aspettare minuti e minuti per essere certo che non risalga, ridicolo e goffo, avrei voluto essere là per giorni e giorni, seguire il letto del fiume e vederlo riaffiorare gonfio e informe. Morto.

Non ho mai visto morire qualcuno.

Non voglio crederci ma sto assistendo al deterioramento di Bob.

È irriconoscibile, sfatto e apatico, occhiaie e ansia.

Gira per casa come un maniaco ossessivo, ha scatti d'ira improvvisi, mi insulta e poi tace e piange.

Lacrime di uomo debole.

Non mi fa tenerezza.

È ingrassato non legge, si è messo in malattia e in malattia c'è davvero.

"E la musica Bob?" ogni tanto glielo ricordo.

"Aiuta la musica" mi diceva.

Non aiuta, Bob; non quando si sta male al modo tuo.

Ma glielo ripeto felice di farlo soffrire, felice della sua sconfitta.

Sto diventando il più forte, Bob.

Non sono mai stato tuo amico, ma questo io lo sapevo.

Tu no, povero illuso, tu credi ai sentimenti, ci credevi, li difendevi... e l'arte poi e il tuo ragionare sulle cose... Ancora convinto, Bob?

O fingevi, Bob?

Li inventavi, sì. Li inventavi.

Perché non esistono vero? Sono una favola per farci crescere buoni e timorosi vero Bob?

...e tu, tu... facevi parte di questo gioco perverso... tu mi prendevi in giro Bob!

Da due giorni Bob soffre di allucinazioni.

Vede l'apocalisse, vede il cielo che precipita per terra

"Cazzate, Bob. Non farci caso"

Però dovrò farne qualcosa, non posso più vivere con lui.

Una soluzione.

Deve esserci.

Bob esce da casa senza dirmi dove va e io non me lo chiedo.

Lui come me, io come mia madre.

Spero non torni.

Lo pensava anche mia madre di me ne sono certo.

Ma ogni volta torna.

A volte migliora, si prepara due spaghetti e si apre una birra.

"Vuoi?" mi sta chiedendo.

Mi siedo con lui e lo guardo negli occhi.

Fiammeggiano come avesse davanti una candela accesa.

Ma no, non c'è.

È il tramonto che gli sbatte sulla faccia la sua luce rossastra

"Come stai?" gli domando.

Non so perché ma ora provo per lui un sentimento, sono solidale, mi riconosco nel disastro della sua anima.

Ci sono passato, io.

È la luce infiammata è l'irrealtà del suo sguardo e di questa stanza squallida.

È il freddo nei muscoli e nel cuore… e ne sono venuto fuori.

Glielo ricordo e lui sorride, abbassa gli occhi.

Tace ma vorrebbe parlare, lo sento nel fiato del suo respiro, lo sento nell'aria della stanza… Lo sento sulla pelle e dentro; l'emozione ora mi fa tremare, come avessi una crisi d'astinenza e mi convince a proseguire.

"È come se ti amassi Bob, ma non sono gay"

"Eppure tu sei quello che mi manca" mi risponde lui.

Poi scatta e mi dice "Va' fan'…"

La sua notte fu delle peggiori, ma io questa volta c'ero.

È stata buia.

Bob sembrava posseduto da quello che io ero stato.

Lui non lo teneva dentro. Urlava e soffriva.

Io lo guardavo seduto, da una sedia poco lontano dal letto dove l'avevo legato.

Ero spettatore e scenografo.

Ho acceso la luce di una lampada da tavolo che lo illuminava male, ma scaldava l'angolo da cui proveniva e accendeva il delirio di colore.

Ho chiamato la guardia medica.

Volevano ricoverarlo subito.

Ho firmato perché si rimandasse al mattino.

Lo hanno sedato.

Ha dormito mentre io vegliavo il suo sonno.

Ho spento la luce e guardato nel centro della stanza cercando fra quel buio indeciso l'occasione della svolta.

Se lo uccido sono solo.

Se lo ricovero ci condannano alla morte civile.

Io senza di lui mi accascio, lui senza me si disintegra.

Penso e lo invidio, invio la sua nuova follia, la creatività del gesto, il paradosso delle allucinazioni, il delirio incontinente.

Io taccio, ho aspettato da lui il via, ho sperato che mi mettesse alle strette e mi aiutasse a dare sfogo alla mia follia.

No.

Se l'è presa tutta lui e mi ha lasciato vuoto, senza rancore senza ricordi e ossessioni.

Mi ha tolto anche il presagio, quel momento unico in cui la vita ti prende alla gola e ti minaccia di morte.

Era lui che ai tempi delle nostre serate li chiamava estasi.

L'attimo magico. L'eccitazione assoluta.

E allora pensavo al culo della sconosciuta e a quanto l'avrei stretta in un angolo.

Senza via di scampo.

Senza via di scampo... siamo noi due ora senza via di scampo.

E allora mi avvicino al letto dove dorme drogato di farmaci.

"Sembra in coma" ragiono.

"Chissà se gli parlo, chissà se capisce"

E gli dico di alzarsi come ha fatto Lazzaro.

Gli dico che noi siamo un'anima sola che comincio a intravedere l'unica strada che abbiamo di fronte.

Lui deve calmarsi però e affidarsi a me questa volta.

Lui non deve più pensare ragionare crivellare di parole il mio cervello.

Lui deve seguire il mio istinto.

Io finalmente libererò me stesso dalla prigione e con me lui dalla sua.

"Tu non sai delirare, amico mio: ti fai male, solo male. Ma non è a te che devi fare male"

Gli accarezzo i capelli. Gli voglio bene.

E gli prendo la mano e la stringo forte senza esagerare.

Lui si siede sul letto, come ha fatto Lazzaro si muove.

Appoggia i piedi per terra.

Non gli avevo tolto le scarpe.

Lui mi guarda e la sua luce mi dà energia.

Per me e per lui.

"Noi vivremo guidati dal presagio" gli dico mentre la porta si chiude dietro di noi.

"È al secondo piano" dice un barelliere all'altro.
E sono le otto del mattino.
Come d'accordo sono venuti a prenderlo.
La porta socchiusa si schiude e li fa entrare.
Di loro non si è più saputo niente.

È stato così che ha avuto inizio la vita.
Mi dicevano da bambino che il tempo di attesa per nascere è la vita dell'embrione fra il cielo e l'utero materno.
Così capivo per lo meno.
L'antefatto della mia nascita si è chiuso alla fine della notte in cui ho preso la mano di Bob per farlo risorgere.
È durata quella notte molto più della notte.
È stato un tunnel a due da cui siamo usciti uniti per la vita e la morte.
Di fuori ci aspettava il vento di un risveglio invernale.
Livido il tetto del cielo e livido il corpo di Bob.
Ho dovuto – per calmarlo.
Rosso l'orizzonte sottile, rosso il sangue delle sue ferite.
Sono superficiali Bob, gli dicevo.
Ho dovuto.
Quando la nebbia sostiene il ponte, non si sa se si è vivi o trapassati.
Ma noi due siamo vivi, io e te.
Le nocche delle dita mi bruciano, ma l'ho fatto per te Bob.
E ora il mio amico sta bene, o meglio è tranquillo sa che io sono il suo padrone.
Ma lo amo.
"Vedi Bob" Gli ho detto un giorno seduto su una panchina e la nebbia ci si appiccicava addosso" tu non devi più spaccarti il cervello con troppi ragionamenti, intanto poi finisce che stai male. Non avere paura dei tuoi deliri, raccontameli. Io e te troveremo sempre una soluzione"
"Hai ragione"

"Per esempio, vedi quella? È mia sorella. Tu sai che una notte l'ho scopata e ha goduto? Vedi com'è tutta composta e gentile? Beh, è più puttana delle altre"

Io ricordo ogni cosa, non sono un pazzo.

Perché l'ho fatto?

Perché ne avevo voglia.

"E ora sai di cosa ho voglia Bob?"

"Credo di saperlo"

"Di uccidere! Ne hai voglia anche tu vero? Ma tu non lo diresti mai. Inventeresti un sacco di balle di mostri di fantasie… Solo per nascondere la voglia che hai"

Noi invece insieme lo faremo.

Perché?

È necessario un perché per una cosa naturale come la morte?

Lo faremo per amore della semplicità. Un gesto e tutto finisce?

"Vedi com'è inutile pensare Bob"

Mia sorella è lontana, la sua figura non le appartiene più, potrebbe essere lei, potrebbe essere un'altra.

"Vedi Bob come da lontano non è più la persona che ha vissuto con me e mia madre fino a ieri?"

"Cosa importa se quell'ombra tenuta insieme da una nebbia solida, una nebbia che ti lascia vedere oggetti e persone e nasconde le case, gli alberi, cielo e terra, che importa se è reale?"

"Non incominciare Bob, non incominciare a masturbare quel povero cervello, pensa al tuo cazzo invece, pensa alle gambe di mia sorella allargate e scopa e godi e stringi le mani intorno alla gola e premi e uccidi Bob"

Il suo volto entra nel mio con la forza della follia.

Bob è acceso, ma non della pace di una luce rossastra, nel nostro pub con davanti una birra; non è la luce che illumina di fiamme la morte della sua saggezza e il gelo della stanza in cui vivevamo, noi due soli, fino a che uno dei due avrebbe ceduto. Lui.

Ora è acceso di rabbia e paura.

L'alba di una nuova coscienza.

"Non vedo più" mi risponde "questa non è nebbia è una cortina impenetrabile. Siamo soli" Urla "Io e te da soli!"

Soffoca grida chiama delira.

"Bob, smettila Bob"

Taglia la nebbia con questo coltello. Conficcalo, piantalo fallo scorrere lentamente verso il basso.

Sventra la nebbia Bob.

Scavalcala.

Sarai libero Bob.

E poi mi fermo e lo guardo. Inorridisco. Forse fingo, ma poco importa.

"Cos'hai fatto! Sei impazzito? Una donna sventrata nel parco! E adesso? Sei sporco di sangue idiota! E non guardarmi con gli occhi smarriti. Non sei un bambino, Bob"

Poi mi calmo e lo abbraccio, lo stringo e lo bacio.

"Hai bisogno di un posto dove nasconderti"

"Ho ucciso tua sorella" Sembra contrito disorientato. È incredulo.

"Non era mia sorella ho sbagliato. Hai ucciso una qualunque, Bob. Serve a poco, ma è un buon esercizio. Infilati il mio cappotto, non si vedrà il sangue"

Mia madre vive sempre nello stesso buco. Mia madre è solo sempre più vecchia.

Ora è anche deforme, non so come se la può cavare.

Ma io posso tornare Bob.

E presentarle un amico.

Potremmo dirle che siamo lì per aiutarla.

E tu non usciresti di casa, ho ancora le chiavi, mia sorella è sposata, non so dove viva ora.

"Mamma ti presento un amico"

È seduta e guarda fuori voltando le spalle all'interno della cucina, i mobili ingialliti, il pavimento pulito, lucido come non è mai stato.

Gira la testa, in parte anche il busto.

Fuori la luce è spenta, non opaca. Oltre quella finestra non c'è profondità.

La vecchia al contrario emana bagliore freddo e vivido.

La luce di un laboratorio, sfumata di verde e di azzurro. Asettico, un laboratorio di esperimenti medici?

Eppure il limite è qui, sotto i miei piedi, fra la cucina e quella luce.

Dove non c'è più tempo, non esiste confine e brucia il piede per il gelo di un oceano infinito.

Il tempo è passato davvero, penso.

"Ah sei tu?" mi dice monotona, registrata sui toni bassi.

"Il tempo non passa" considero.

Oggi come ieri.

E in mezzo?

"Come stai mamma?"

"Peggio."

Lo sguardo è ancora più duro, la voce più precisa.

"Ti presento un amico, Bob. È stato sfrattato e ha bisogno di un tetto. Non sta bene. Starà nella camera chiusa, che nessuno più apre e nessuno sa perché, non ti disturberà. È una persona a posto, tranquilla"

Eppure io dormivo in cucina... quella stanza era sacra.

O forse racchiudeva un inferno segreto.

Fino a che mia sorella una sera era là mezza nuda su un letto, invitante e peccaminosa. Era solo lussuria.

Mia madre guarda Bob.

Lo guarda lo fissa si gira alla finestra

"Per me..."

"Non starai sola per un po' almeno, visto che Maria è sposata"

Si alza a fatica ci scruta e ci odia all'istante.

"Tua sorella non è più sposata. Tua sorella è morta... Già tu non c'eri"

Bob sta perdendo il controllo, gli afferro la mano e la stringo per dirgli che ci sono io che non può farsi prendere dal panico.

So con certezza qual è il suo pensiero.

La colpa.

Mia madre abbassa le pupille nere ruota le sclere gialle guarda le nostre mani allacciate e poi me, dritto negli occhi come mai aveva fatto. Ci sono lampi di insulti e commiserazione dentro.

Poi muove un passo per allontanarsi. Prova repulsione perché ci pensa amanti.

"No" le dico "è l'unico amico che ho"

Non so perché mi abbasso a dare una risposta al suo silenzio, ma penso che sia per Bob, per trovargli un nascondiglio, per tenerlo d'occhio, per non lasciarlo impazzire.

Sarebbe la mia fine.

Anche la sua ma lui la desidera.

Lui vuole distruggersi incurante del fatto che mi porterebbe dritto all'inferno con lui.

Lui non prova affetto, lui mi odia.

Ora io lo trascino in stanza e gli chiudo la bocca per sempre.

E mia madre nel frattempo è sparita, chiusa nella sua – legno scuro e lenzuola bianche – due giri di chiave.

Lo scaravento sul letto.

Gli urlo addosso non so cosa, l'importante è che veda la mia faccia e che le sue orecchie siano dilaniante.

È importante che senta nella testa e nello stomaco il dolore del mio urlo.

Bob ha il terrore sulle mani sudate il gelo sulla schiena il delirio dentro gli occhi.

Ma emette pochi suoni, voce pacata pupilla dilatata

"Ho ucciso tua sorella…"

Non è vero Bob, nel parco era un sogno.

Uccidere è un sogno che ci scorre nelle arterie e fa salire la pressione e il cervello esplode, butta fuori il desiderio come se fossi al cinema Bob.

E poi ti convinci che sia vero perché non sei seduto su una poltrona di velluto rossa o blu, ma tu non hai ucciso mia sorella.

L'attrice della nostra follia, quella che hai squartato, era una donna nuova, una donna mai vista

"Bob noi siamo puliti"

"E il sangue sulle mani, sui vestiti?"

Mi mostra il maglione nascosto dal cappotto, come un bambino che si è sporcato giocando.

"Non è sangue è una macchia qualsiasi"

Abbiamo dei problemi dentro la testa Bob, dobbiamo stare insieme e aiutarci.

Tenerci d'occhio a vicenda per non fare cazzate.

Lui si corica io vicino a lui.

Lo abbraccio.

"Non ho mai visto un essere umano morire Bob. E tu?"

"Io sì"

"Chi?"

"La donna nel parco"

"Smettila Bob era un sogno era un film era il delirio a cui io tenevo la mano. E lo guidavo. Tu avevi bisogno di questo Bob, dovevi sfogarti. Io lo sapevo, ti ho aiutato, ma non hai ucciso"

Le mie parole rotolano fuori dalla gola, escono tra le labbra e io non so perché.

So che così può funzionare.

"Un presagio?"

"Certo Bob, tu non sai gestirli, tu ne sei vittima e preda, ti sbranano come avvoltoi, ti staccano la carne a brandelli. Perché non li ami. Io mi lascio andare, li accarezzo e li seguo… Lascia fare a me, non succederà nulla"

Ho detto la verità io mi lascio trascinare dalla corrente dei miei presagi come dai fianchi della sconosciuta che ondeggiano davanti a me.

Questo è presagio.

E si rivelano crescendo lievitando uscendo da me e tornano.

Sono immagini suoni e silenzi.

Convincono.

Ti aprono l'anima al domani.

Ma non sai e non puoi sapere esattamente dove come e quando se non hai pazienza di seguirli e ubbidire perché il comando è solo dell'immagine che ti si piazza davanti e ti sequestra.

"Lasciati sequestrare Bob, non reagire. Fa male"

Ha guardato fuori dalla finestra appena sveglia.
Era l'alba.
Era lei.
Io l'ho vista mentre lei scostava le tende e fissava i contorni del piccolo mondo lì davanti.
Spettinata assonnata sciatta.
Ferma.
Quanto sta immobile?
Non vedo i suoi fianchi ondeggiare e aspetto.
Il viso è pallido intorpidito gli occhi appoggiati al gonfiore di un sonno sofferto.
Ma la bocca ancora più morbida, eccessiva.
La stanchezza che vedo impressa nel corpo e nel viso mi eccita.
E so che i suoi fianchi sono sotto la vestaglia corta, azzurra e stinta, mal legata.
Nasconde la vita, la curva, ma scopre le gambe, i piedi nudi…
Aspetto.
Lei non sa che ci sono e la guardo.
È la prima volta che succede – sono nella stanza a qualche metro da lei e ho i piedi poggiati su un pavimento nero coperto e nascosto in gran parte da tappeti eccessivi.
Ornati arabescati estremi nei colori, i disegni voluttuosi e violenti.
Vorrei che Bob fosse con me per chiedergli un parere.
Ma Bob non c'è è rimasto a dormire, io invece sono vicino alla sconosciuta e non so come ci sono arrivato.
È la prima volta che capita.
Sono felice che Bob non ci sia in fondo, mi impedirebbe di credere all'evidenza, mi direbbe che non sono

Dio, non sono onnipresente, mi direbbe che sono io ora a delirare.

E tornerebbe ragionevole e mi darebbe consigli e mi consiglierebbe con la monotonia di un sermone e mi spiegherebbe con la percussione della logica.

E tornerebbe ad avere il mio cervello fra quelle mani sgradevoli e femminee che stuzzicano, ma non soddisfanno.

Mi direbbe che sono pazzo.

Lui si mi sacrificherebbe e mi farebbe ricoverare.

Senza di me lui si veste dei colori di tutti, parlerebbe le parole del buon senso.

Ma così non deve essere.

Oppure sarebbe preda delle sue solite crisi.

Posseduto e ingestibile, come allora in quella notte buia dove l'angolo della stanza illuminato di luce rossa esaltava la smorfia del suo volto.

Non sa affrontare la vita.

Neppure la morte.

Tantomeno lo spazio che sta tra la vita e la morte, la vista e il pensiero.

Quella notte gli ho strappato il potere dalle mani e mi sono seduto sul suo trono.

Io si so affrontare il delirio.

Mi avvicino e cammino sento il pavimento mi tolgo le scarpe per non fare rumore e acquisire certezze.

Sento freddo e poi la lana dei tappeti che pizzica la pianta dei piedi.

Le sono alle spalle.

Potrei, ma non so se è sola in casa.

Potrei ma finirebbe il piacere.

Allora guardo ciò che lei vede.

Un cielo rosso un'alba buia le nuvole che frastagliano il confine fra un inferno e l'altro.

Un fumo che sale lungo e stretto da una ciminiera e si piega a sinistra gonfiandosi. Si confonde alle nuvole.

Una foto ambigua. Raggelante e felice.

Il viso di lei gli occhi spalancati finalmente, mi dicono che sta vedendo quello che vedo anch'io.

È spaventata forse, e poi rassegnata.

Non so a cosa.

Meraviglioso inferno.

"Ho la certezza che ti stia ingoiando, piccola."

Non so come sono arrivato, ma so come me ne andrò. Cerco l'ingresso.

Dalla porta.

Mi volto ancora a guardarla e vedo il suo corpo, sparita la vestaglia – a terra.

Eppure è ancora nella stessa posizione.

"Torno la prendo alle spalle le punto un coltello alla gola... no" aspetto.

Vado a casa calmo l'eccitazione in qualche modo.

Eccitato – eccitato – eccitato.

Vorrei scoparla fino a lacerarle il corpo.

Vorrei ficcarle il coltello fra le tette ed estrarre l'intestino l'utero il cuore.

Annusarlo e capire.

Annuso l'aria per ora ed è acre come l'odore di sangue rappreso.

Spalanco la porta con la violenza del desiderio e Bob è lì"

Subito, davanti.

A casa mia.

Nella nostra stanza.

Come ci sono arrivato in un passo?

Superare una soglia e varcarne un'altra... è perlomeno stimolante.

"Dove sei stato?" mi dice.

Non gli racconto – non capirebbe.

"Ero in bagno"

"Stai male? Ci sei stato quasi un'ora."

"Ero in bagno a sognare" taglio corto.

Gli apro il pugno sotto il naso e gli mostro il palmo bianchiccio, appiccicoso e Bob lo allontana con ribrezzo.

Lui è un puro o si ostina a recitare la parte.

Mia madre non si è ancora alzata ed è strano per quella santa donna mattiniera che ha vissuto la vita – tutta – fra le mura avvilenti di questa casa.

Vedeva i quattro negozi intorno la chiesa. Ha visto l'ospedale, dicono. Io non ricordo.

È stato quando mio padre si è ammalato.

Io non ricordo nemmeno mio padre.

Mia sorella forse, con quei pochi anni in più, ha avuto modo di conoscere padre e madre.

Io no.

Lui è morto e lei – mia madre – si è appallottolata come un riccio.

Nessuno esisteva, in parte e solo in parte, mia sorella perché aveva condiviso qualcosa.

Qualcosa della sua sofferenza, del peso di rimanere sola, le ha fatto da stampella.

Margot... chissà se è morta davvero o un delirio di quella vecchia storpia.

"Solo per farmi sentire in colpa Bob"

Bob mi guarda e non capisce e ha ragione.

Gli ho buttato lì, per caso, una conclusione.

Non gli ho detto altro.

E lui è disorientato.

Non ha torto.

"Bob vuoi un caffè?"

Annuisce.

Vado in cucina.

È grigia e fredda.

Come una casa disabitata da tempo.

Tocco le pareti e trasudano l'umido delle prime ore del giorno.

Prendo la caffettiera, apro un barattolo che contiene caffè stantio.

"Avrà almeno un anno."

Bob è lì, zitto.

"Vuoi parlare... Cristo!?"

Lui tace

"Mi provochi brutto stupido?"

Fa freddo sembra che le pareti non servano a niente.

Non c'è confine e l'aria entra e il disagio aumenta.

Lo prendo per la felpa senza colore che indossa da troppo.

Lo annuso.

"Puzzi. Lavati!"

Penso…

"E poi… poi è ora tu esca da qui!"

"Come faccio?"

"Apri la porta scendi le scale vai a cercarti un lavoro, qualcosa. Temporaneo, in nero. Come me!"

"Sai che non posso devo nascondermi"

"Ancora quella storia. Non c'è stata. Era un delirio della malattia. Sei malato Bob."

"Ho ucciso."

"Non è vero Bob. Non ne sei in grado. Bisogna avere le palle. Tu non ce le hai"

È disgustoso questo caffè, ma lo beviamo perché è caldo.

Siamo seduti sui due lati della tavola rettangolare.

È lunga e stretta la guardo avanti indietro e sorrido.

"Cosa c'è?" mi dice "Niente. Un'idea divertente. Hai notato? Sembra un tavolo da obitorio… averci un bel cadavere… ci sono i coltelli da cucina, le forbici, il trinciapolli… Sai che emozione!"

Bob è grasso e sfatto. Dov'è finita la sua meravigliosa mente? E i suoi pensieri con cui giocava a scacchi?

Ora ci vedo lui su quel tavolo e non so perché.

"Non ho ancora visto tua madre"

Non si è accorto dei miei pensieri, riesco a nascondergli tutto.

È uno sciocco ingenuo sprovveduto.

Ne posso fare quello che voglio – inebriarmi di potenza, dunque perché ucciderlo? Finirebbe tutto con la velocità di un orgasmo, potrei protrarlo sezionandolo, averne ancora un paio forse… ma vuoi mettere giocare con lui a prenderlo in giro… vederlo soffrire sbavare chiedere aiuto farsi coccolare… tenerlo in pugno?

E poi si vedrà.

"Sarà chiusa in camera per non vederci" gli rispondo.

"Dovrai trovarti un lavoro" ribadisco.

"Te lo cercherai e la smetterai di farti mantenere. Dovrai solo fingere di essere sano. Questo lo sai fare te lo assicuro, l'importante è che non ti lasci convincere che i tuoi deliri siano realtà."

Inaspettato mi rivolge lo sguardo abbagliato

"Cos'hai adesso?"

"Fa freddo qua dentro, la cucina non è bianca, ingiallita. Il pavimento è lucido disinfettato, tutto è grigio, chiaro scuro, le pareti si sono allontanate. E questo tavolo... non è più. È un lettino, sembra una stanza da ospedale. E i cassetti sono giganteschi. Ci starebbe un uomo. Morto. È un obitorio."

Sta tremando

"Non preoccuparti l'ho pensato io, forse te l'ho detto. Tu stai vedendo quello che io ho immaginato e comunicato. Tutto qui."

Ma lui trema

"Tu, tu vuoi uccidermi..."

"Ma non dire cazzate. Come farei senza di te"

"Vuoi uccidere tua madre?" e poi trova il coraggio "... ma io tua madre non l'ho mai vista"

Ho creduto a quello che mi dicevi, vorrebbe continuare. E aggiungere, alle tue storie a tua sorella al padre morto. E poi pontificare

"Ti manca l'amore, ti è sempre mancato"

Sento quello che pensa come se parlasse.

"Noi abbiamo una grande libertà Bob. Finito di elemosinare amore, finito di essere degli sfigati, Bob, siamo liberi. Non abbiamo niente da perdere Bob."

Gli ho trovato un lavoretto. Per un mese. Sostituisce un tizio malato in un'agenzia di pulizie.

Ha accettato.

Io consegno giornali al mattino.

Fa freddo quando usciamo.

Il freddo fa male, ferisce il cervello.

"Però una sera di queste torniamo a fare una bella bevuta."

Mia madre compare solo quando Bob è fuori, non lo sopporta. È sempre più logora, sempre più piccola e le ossa spuntano dalla pelle.

Forse neppure mangia, si vuole lasciare morire, vuole farmela pagare.

Sì perché per lei è colpa mia se mio padre è morto mia sorella morta – o sparita – se lei non è mai uscita da casa se lei ha pianto il dolore della Vergine Madre come se fosse il suo.

Un mattino ho deciso.

Ero rientrato, Bob non ancora. La vecchia non era in cucina a trascinare le ossa porose.

"Quindi è in camera" ho dedotto.

Perché il bagno era vuoto la stanza mia e di Bob pure, quindi era rannicchiata dentro il letto, sotto le coperte per scaldarsi visto che non accende neppure il riscaldamento per risparmiare e farci un dispetto.

Ho dato due giri di chiave alla porta.

Non ha fiatato.

Forse dormiva.

Forse era quello che desiderava per essere la mia vittima.

Perché nascesse in me il fango della colpa e poi il fiore del riscatto.

Perché io pregassi alla fine e mi confessassi a qualche diavolo di prete.

"Che bel gioco" dicevo intanto "quello di farsi del male a vicenda e poi farsi perdonare. Bel gioco davvero. Oggi ci sto."

Mamma perdoni, recitavo a voce alta di modo che sentisse.

"Perdona il tuo figlio cattivo, che ti ha fatto soffrire e ancora lo fa, mamma. Beh, alla fine i conti tornano. Ti guadagni il paradiso se io faccio del male a te più di quanto tu ne abbia fatto a me. Non è così che funziona? Più una colpa, meno due… sei in vantaggio mamma. In fondo tu mi hai solo ignorato come non fossi nato. Non è un motivo per odiare è vero. Mi hai pur sempre dato la vita. Col tuo corpo stantio come il tuo caffè. E da un corpo stantio cosa nasce? Un mostro mamma."

Ho buttato la chiave.

Un'armonia di forme e di spazi.

Il mio corpo si muove senza ascoltare fatiche. Anche Bob sta insolitamente bene.

È tranquillo e si smagrisce. Il colore torna sul volto. Gli occhi sempre stanchi, spenti.

Ma è come se ci provasse di nuovo.

Presagio di normalità.

Non mi ha chiesto di mia madre e io ho chiuso per sempre quella porta. Penso che nessuno sapesse più della sua esistenza da tempo.

Anche mia sorella l'ha cancellata dalla memoria, ammesso che sia ancora viva.

Non mi manca anche se devo ammettere che su di lei ho goduto come un uomo.

L'unica volta nella mia vita in cui ho sentito una donna mia.

So che lei voleva. Voleva essere mia e la carne cedeva al desiderio appagato.

Io e lei a dispetto di mia madre.

Poi più niente.

Si è sposata era magra sofferente poi più niente.

Mia madre ha distrutto anche lei.

Oppure era malata… oppure si è suicidata… e perché?

Presagio di normalità.

Cielo blu e aria leggera, temperatura piacevole.

Io lavoro, quel mezzo lavoro che mi permette la sopravvivenza.

E chi vuole sbattersi per avere di più?

La vita arranca – tutto è salita anche in pianura.

Non voglio rincorrere niente se non questo giorno.

Mangio.

Non basta?

E poi aspetto che cresca l'onda di un presagio.

A me basta e avanza.

Bob invece è senza lavoro.

"Bob datti da fare" gli dico "il mio lavoro finisce tra un mese, tocca a te Bob"

E lui annuisce, ma sta chiuso in casa.

Cosa faccia quando è solo non lo so.

Dorme forse, o pensa.

Questo mi preoccupa, lui non sa gestire il suo pensiero, non ancora almeno.

Perché sta meglio, sta riprendendo le fattezze di un uomo, ma sul confine del delirio lui c'è ancora.

Io, inaspettatamente saggio.

Io – Lei.

C'è una donna nella mia testa.

C'è una donna con due tette e due chiappe magnifiche.

C'è un cervello nella sua graziosa testa che si piega da un lato, che mi prende.

Abbiamo avuto un'unione onirica.

Quel mattino all'alba, davanti alla sua finestra.

Io ho lei nella mia testa.

Lei sente la mia presenza lo so, anche se non conosce la mia faccia, non sa chi sono, neppure è certa che io esista.

Ma lo sente.

Sente nell'aria che la sfiora i miei muscoli e le mie mani, percepisce l'attenzione, si sente seguita, si volta.

Nessuno.

Ma non sei sola piccola.

Lei fra me e Bob.

Ma è quando rientro verso casa, la vecchia casa di mia madre, malata di paure fino ad avere le mura fredde, intrisa di piccole insensate ossessioni, la casa in cui pregava piangeva e ringhiava, l'angusta tana del grande silenzio, mentre a metà giornata il sole occupava la vista e spadroneggiava tra la via e il cervello, mi sento abbagliato.

Un raggio diretto mi trafigge l'occhio a sinistra.

Poi tocca a quello di destra.

Poi buio.

Poi cieco.

Mi fermo appoggio le spalle al muro e aspetto.

Sono calmo non so cosa sarà dopo.

Ho imparato alla fine ad aspettare.

"Hai problemi?" mi viene dal buio la voce di un uomo.

Scrollo il capo per dirgli che no, non ce li ho, e nel buio vedo la voce diventare un volto.

Un uomo anziano dagli occhi dolci la barba di un paio di giorni, vestito con dignità e gusto.

Mi vedo fargli una carezza sulla guancia ispida, seguo la mia mano nel buio che lo ringrazia senza parole.

Vedo un volto senza senso e un gesto senza senso. Solo questo vedo.

È un viso che non conosco e un gesto che non mi riconosco.

Sento i passi che si allontanano.

Tutto si può toccare tutto si muove ogni cosa ha volume.

E sono al buio totale e liscio, omogeneo e freddo come fosse di pietra levigata.

Buio d'onice.

Fermo.

Le mani dietro la schiena appoggiate al muro.

Ho imparato a non forzare né il sogno né il delirio.

Ho imparato a lasciare scorrere l'odio e la pulsione.

HO FRENATO – FRENATO – FRENATO.

E la compulsività si è liquefatta, l'ossessione è diventata un fiume.

È la pace – quando aspetto.

Un'annunciazione breve e personale nell'attesa di una rivelazione.

Il buio si sfuma nel rosso, macchia e sangue, capillari.

Il blu diventa cobalto e circonda la macchia scura che

cambia, si muove, si stringe, s'allarga e si chiude in un abbraccio visionario, su se stessa.

Un embrione… poi il cielo e la luce il raggio di paglia si espande e la luce ritorna.

Sbatto le palpebre, ma non è necessario.

Salgo di corsa in casa e non ne ho motivo.

Vedo Bob seduto in cucina, al tavolo.

La mia vita si è svolta così, intorno a quel tavolo, in fuga dal ripiano giallastro, unto e stinto.

Bob è calmo, ma non mi convince il suo sorriso.

È statico, inventato.

"Cos'hai fatto Bob?"

"Niente sto bene"

Mi avvicino e lo scrollo.

Sento la sua spalla sotto la mia mano.

È un fantoccio.

"Bob!"

Mi rivolge quel sorriso.

"Dove sei stato?" domanda.

"Al solito" rispondo.

"Sei mancato per tanto"

"Come al solito" gli dico.

"No ti sbagli. Ti ho aspettato, non tornavi. Sono successe tante cose quando non c'eri…"

"Cosa cazzo dici?!"

Si alza prende in mano un foglio di calendario

"Guarda ho segnato ogni giorno mentre aspettavo, aspettavo che tu tornassi"

Vedo cerchi rossi intorno a numeri in successione. Tanti.

"Bob non stai bene" affermo.

"Non dire così. Io sto bene. Sei tu che mi hai abbandonato per tutti questi giorni, guarda quanti" e scorre l'indice soffermandosi su ogni data.

E sorride.

"Piantala di sorridere mi fa incazzare."

"Ma io non sorrido."

"Smettila di prendermi per il culo."

Faccio per andare in bagno a sciacquarmi la faccia.

Passo vicino alla camera di mia madre.

È aperta.

La porta è aperta.

"Bob" urlo.

"La porta!"

"Cioè?"

"La porta di mia madre era chiusa. A chiave. Per sempre."

"Ho sistemato un po' la casa mentre ti aspettavo. Pulizie. Non sei contento?"

Guardo in giro. Tutto lucido.

Annuso il profumo di pulito.

Ma esito a entrare.

E quando decido il letto è composto. Copriletto dorato sfilacciato – cuscini ordinati.

Tende lavate inamidate scendiletto persiane aperte.

La poltrona il comò l'armadio i due comodini, sopra le lampade uguali.

Talmente ovvio da sconvolgermi.

E poi disgustarmi.

E quindi trovarmi incredulo perché io non ricordo la stanza di mia madre in questo modo.

Perché era cupa, persiane perennemente chiuse, perché il letto era sfatto, perché lei viveva fra coperte e cucina e si trascinava, perché non le importava niente di quella casa.

O non le importava più.

Non le importava di me.

Del mondo che stava fuori e non l'aspettava.

Non le importava dei ricordi e del futuro.

LEI NON C'ERA.

"Bob dov'è?"

L'avevo chiusa lì dentro per sempre e penso di avere esaudito un suo desiderio e il mio.

Non vederci mai più.

Non pensavo di aprire quella porta perché volevo dimenticare, non pensavo allo stato in cui l'avrei trovata nel caso l'avessi aperta.

"Tua madre?" sottolinea.

"Sì mia madre" sei un idiota Bob, prendi tempo.

"È uscita."

Entra in stanza e mi si avvicina.

Mi guarda con quel sorriso di carta e mi avvolge la spalla con un braccio.

Uscita? Ma come è possibile.

Dovrebbe essere morta e decomposta.

La stanza dovrebbe puzzare di cadavere.

"Hai lavato tutto per far sparire l'odore…" considero e lui tace.

Poi scatto

"Tu l'hai uccisa!"

Sì Bob l'hai fatta sparire tagliato a pezzi un corpo morto.

"Tu mi hai aiutato Bob?"

Mi si piazza davanti. La faccia sulla faccia.

Non so cosa voglia.

Poi se ne va. Va in cucina.

"Un caffè?"

"Rispondi!"

Mi aspetto che l'abbia uccisa o che abbia pensato di liberarmi dalla colpa. Mi aspetto che abbia lavato e lavato che abbia voluto risparmiarmi il disgusto di un corpo decomposto.

"Tua madre è uscita"

"Non sai quello che dici Bob"

"No no. Tua madre è fuori. È andata a fare un po' di spesa"

Il delirio è invincibile.

Ormai Bob non tornerà.

È tranquillo sereno con la faccia disegnata come un cartone.

Cos'ha fatto poco importa, ragiono.

Ma lui versa il caffè.

"Siedi" invita.

E io mi siedo come un deficiente qualsiasi. Ma io sono un deficiente, lo so.

"Vedi" inizia "in tua assenza io e tua madre abbiamo potuto conoscerci… e capirci."

Mi guarda per cogliere un'emozione.

"È una brava donna. Ha una buona pensione anche. Mi ha coccolato come fossi un figlio adottato"

Perché io non credo a ciò che sento?

Perché non sta né in cielo né in terra. Fa fatica a starci anche nel cervello malato che io gli conosco.

"Ah dimenticavo" si alza e conta trenta gocce da una boccetta in vetro.

"Cosa prendi?"

"È uno dei farmaci che mi ha dato il neuro-psichiatra"

"E da quando?"

"Sei stato via tanto… stavo male. Me l'ha pagato tua madre. Diceva che l'avrebbe pagato anche a te, ma con te non si poteva parlare. Adesso sto meglio. Mi devono dare la risposta per un lavoretto. Sai ha bisogno di aiuto tua madre"

Bastardo Bob. Sei un bastardo. Dove vuoi arrivare nella tua nuova follia? Non vorrai farmi credere che mia madre è viva e vegeta e sta chiacchierando in qualche negozietto? O hai approfittato della mia assenza per studiare un piano e riprenderti il potere del nostro cervello?

Bastardo Bob. Voglio vedere dove vai a parare, ma io sono all'erta Bob. Non mi fregherai.

La mia assenza…

Stai barando Bob. Hai architettato tutto per farmi sentire pazzo di nuovo.

"Sono stato al lavoro Bob!"

Mezza giornata Bob. Solo mezza giornata.

Solo questo e tu non muovi il culo e te ne stai a letto e pensi e ripensi e ti sei procurato quella roba per stare calmo e potere incastrare il mio cervello.

Hai preso il foglio di un calendario, hai fatto tutti quei bei cerchiolini rossi fasulli come una donna che segna il ciclo.

"Dov'è mia sorella?" sbotto. Non so perché ma spero di potergli rigirare la frittata in quel modo.

Mi risponde calmo e serafico

"Lo sai è morta e tu sai anche il perché"

Sì lo so.

Bob!

Tu l'hai uccisa.

Ma non so se mi conviene parlare o stare al suo gioco.

E allora taccio.

Per capire dove vuole andare a parare, se ha in mente una partita a scacchi o un gioco duro, un gioco al massacro, se vuole spingermi nel burrone del nostro delirio e lui salvarsi… o gettarsi con me, o vuole aggrapparsi ad ogni costo al ciglio del burrone e allungarmi la mano.

O vuole farmi credere che esiste una realtà diversa, quella che chiamano vera e non c'entra per niente con tutto il materiale di foto suoni spezzoni di montaggi diversi, battute – risposte – domande, che sono in deposito nel nostro cervello.

E mentre ragiono la verità suona il campanello di casa.

Io lo guardo lui risponde

"È tua madre"

Semplice e casalinga foto d'interno.

"Non aprire" reagisco.

Lascia fuori la lista della spesa Bob, non esiste.

"Perché non dovrei aprire?"

"Perché mi stai prendendo in giro Bob, con quel sorriso che ti alza gli angoli della bocca e ti fa sembrare un pagliaccio. Mi prendi in giro esattamente così, come un pagliaccio di un circo che ride sulla mia sfiga e la sua… e magari la tua e quella di tutti messa assieme. Mia madre non c'è più e lo sai. Mia madre non è mai stata mia madre e lo sai. Ora mi vieni a dire che è come se fosse tua madre, dolce e premurosa attenta lungimirante disponibile"

E intanto Bob ascolta e non apre, il campanello non suona.

Quel suono, chi l'ha inventato?

Nessuno ha premuto il campanello è inutile che mi guardi è inutile che tu finga di aspettare una mia reazione.

Io non ne avrò.

E aspetterò.

E sei immobile e io il tuo specchio.

Per secondi, minuti – l'uno il riflesso dell'altro.

Qualcuno deve vincere fra di noi.

Non ha importanza se la testa gira e le palpebre pesano.

Non ha importanza il senso d'abbandono e le braccia e le gambe leggere.

"Ipnosi regressiva" aveva detto il mio psicoterapeuta. Mi avrebbe aiutato a suo modo di vedere, a capire, sosteneva lui.

"A inventare?" domandava Bob a me quando bevevamo birre insieme e lui non era il fantoccio che è ora.

"A inventarti delle scuse o magari a costruirti finalmente una storia... può servire" ragionava.

"Non importa se è attendibile, o almeno credo... e poi sai, alla fine una storia se la inventano tutti e diventa la storia della nostra vita e la raccontiamo. Tu di te cosa racconti. Niente. C'è tua madre e tua madre e tua sorella e tu che non parli e loro che non rispondono... che storia è?" buon saggio vecchio filosofo Bob, mi hai sempre preso in giro.

"Che storia è la tua?" mi urla Bob in faccia ora qui in questa stanza.

Forse i nostri cervelli sono uniti. Siamo un orribile mostro a due teste Bob. Un cranio attaccato all'altro, la materia cerebrale fusa insieme.

"Vieni in bagno, Bob. Guardati allo specchio. Non vedi?"

È l'orrore, le nostre due teste abbozzate, una guancia inesistente, la mia sinistra, la tua destra, quattro occhi due bocche due nasi.

E il campanello che suona.

"Vado aprire a tua madre" e se ne va.

"Non aprire, non ora" lo scongiuro.

"È ora che tu la smetta, sei a questo mondo come tutti."

Penso che mia madre sarebbe stata saggia se avesse abortito. Aborto terapeutico.

Ha messo al mondo un mostro e il suo doppio.

Bob apre e una donna giovane entra, poggia due sacchi della spesa e io chiudo gli occhi.

Mi nascondo dietro Bob e gli chiedo all'orecchio chi è quella donna.

Mi spinge nella stanza dove avviamo dormito insieme e parlato e io l'ho consolato aiutato e lui ha cercato la mia protezione.

La stanza da letto che mi ha visto solitario e malato, poi risanato e presente vicino alla sua pazzia, per insegnarli a uscire, a vedere la luce, come io avevo fatto vicino a lui.

Mi dice

"Ci sono altre storie amico non c'è solo la tua."

La donna è vestita da jeans e maglietta, uno strano disegno sul davanti, vivace. Rosso-ambiguo-forse alato- e coronato.

La donna è graziosa anche se la parte inferiore del corpo è sproporzionata al busto esile e adolescenziale.

I capelli raccolti e spettinati, sorridente e affannata.

"Valle incontro." mi dice Bob.

E chi la conosce? Non io-forse è una ragazza che ha trovato grazie alla tregua che gli anti-depressivi gli stanno regalando, forse me la vuole fare conoscere.

Forse – forse – forse.

"Tu sei pazzo Bob."

Ma la donna chiama

"Dove sei?" dice " Ti sei nascosto continua. Salta fuori dai – e via dicendo.

E poi

"Gabriele!... Gabriele…!" si fa eco da sola.

Lontana e vicina- modulata e imperativa, gioca con il suono del nome che le vola intorno come un'ala o un ricordo, anche presagio oppure destino.

Nome d'angelo e arcangelo.

"Beh, non rispondi?" e questo è Bob con la sua voce sedata e tranquilla, con l'eco dei sogni rinnegati e la pace del limbo nelle corde vocali.

Non capisco e non credo, non vedo. Di nuovo non vedo più.

Ma la cecità è fumo, nebbia e gravità.

Mi sento incollato al pavimento, sento la terra sotto le piastrelle e il fuoco e il ferro sotto la terra.

Una nuvola sale e supera la mia testa e tossisco stizzito, la gola irritata, ma che gas maledetto è questo?

"Bob dove sei?"

Gli occhi lacrimano il cielo cade e non è spazio, non è leggero. Il cielo si condensa e la terra lo assorbe.

"Bob non c'è più un cielo!" urlo e ho paura.

"Bob non lasciarmi da solo"

Il buio è un percorso, nel tunnel una rotaia mi spinge a proseguire.

Tra il buio nel buio.

La voce di donna chiama il nome di Gabriele ma ora è tuono e rimbomba, rimbalza tra due pareti che si stringono e un soffitto che si abbassa.

Dovrò coricarmi dovrò farmi piatto dovrò sopravvivere. Il rumore di ferraglia mi uccide le orecchie.

Sono in metro, penso.

È la fine suppongo.

Eppure quando vedo improvvisamente vedo, miracolosamente vedo, tristemente mi trovo davanti le spalle di mia madre che non si volta e mi dice

"Gabriele, ho sbagliato a darti il nome di un angelo."

E sono lì in cucina come al solito, come quando mia madre era viva, ma adesso mi ha dato un nome.

Mi volto sperando di vedere Bob, ma lui non c'è.

Imperterrito gli rivolgo la parola come fosse lì in quel momento
"Bob hai visto, neppure si è girata".

"Una volta" racconto a Bob mentre la sera dormiamo abbracciati "ho visto una donna che guardava fuori da una finestra. Mi sono avvicinato fino a esserle al fianco. E lei non mi vedeva ma io condividevo il suo sguardo, vedevamo insieme lo spazio oltre il vetro. Lei mi sentiva sapeva che esistevo, ma non mi trovava. Non aveva paura, non sembrava neppure turbata, era bella ed eccitante, era nuda invitante, l'avrei uccisa dal desiderio... ma non l'ho fatto Bob"
"Sai quella donna, quella che è entrata con la borsa della spesa..."
Non risponde mai a proposito Bob ultimamente, segue il suo pensiero, solo quello, come il filo di Arianna
"E allora?" ribatto.
"Era tua madre."
Il suo filo d'Arianna non porterà mai a vedere la luce e nel suo labirinto vuole me vicino.

Ipnosi regressiva, mi aveva consigliato lo psicologo.
Mia madre era giovane e allegra, così sembrava. Aveva voglia di vivere e mi cercava
"Gabriele perché ti nascondi sempre?"
La luce del sole e la finestra, un cielo chiaro ma intenso. Vedo solo questo ora.
"Bene, non distolga il pensiero e concentri la vista su quella finestra e il cielo, la luce... e oltre, oltre la luce" mi sospingeva lo psicologo.
Era come se la sua mano sulla mia schiena mi guidasse a volare.
Come il rapace che deve essere invitato al volo dal braccio del falconiere, come un'onda che ti porta in avanti, ti risucchia. Poi indietro.

"Bob volo."

Non risponde.

"È il passato o il futuro? Un luogo inventato, ma è vivido e vero come poche volte mi è capitato"

Vedevo il pavimento in cotto rossiccio e opaco una cupola, le pareti sbeccate come il bicchiere trasparente da cui mia madre beveva.

"Fa caldo oggi Gabriele."

E io dov'ero?

Non c'ero, neppure allora c'ero, Bob!

"Ma tua madre ti chiamava."

Bob, chiamava me o il figlio arcangelo quello che aveva sognato?

"E poi" mi alzo come un automa, come Frankenstein, come uno zombie che torna "e poi chi mi dice che quella era una donna che neppure conosco o la donna che guarda dalla finestra e aspetta e lascia che le cada la vestaglia senza muovere un dito perché pensa di essere sola?"

Chi mi dice che cos'è quello che tu mi stai spacciando per ricordo?

Era una città vera quella, di mattoni e di strade, di odori e di voci, come non si vede ora, come nei sogni e in una foto, come se la vita fluisse e i giorni avessero un senso.

Mai vista una città così vera.

Con una cupola e un sogno... un progetto nel cuore. No è finta Bob.

Finta mia madre e il sole.

Il ricordo e il mio nome.

Ma quale progetto mi preme sul cuore, quale meta, Bob?

E il mio languore si fa femmina, mi lascio abbracciare e stringere.

Hai vinto tu questa partita Bob.

Ho preso l'insana abitudine di uscire e girovagare per una città visionaria.

M'incuneo fra mattone e vicolo imperverso nei bar qua e là, fino a farmi cacciare perché non basta un caffè per occupare ore e ore un tavolino.

Il tatto è irreale.

Un senso inaffidabile perché ti crea la menzogna sotto le mani.

Come se i muri esistessero, fossero caldi e freddi baciati dal sole e lavati dall'umidità.

Qui tutto finisce – sotto questa mano.

Perché mi fermo a lungo nei bar? Perché aspetto una persona.

Non mi ha dato né luogo né giorno, ma ha confermato che sarebbe arrivata. Prima o poi.

A volte, anzi sempre più spesso da quando un pomeriggio sul tardi, fuori buio e ventoso-dentro al caldo, in un baretto nascosto fra torri e tempesta in arrivo, un uomo è entrato nello stesso istante in cui ho superato l'ingresso, ci siamo affiancati e ristretti per entrare nella porta contemporaneamente.

Anche lui è seduto anche lui ordina e tace beve e guarda davanti, non me però.

È orientato in un'altra direzione, ma uno specchio di fronte, poco sopra, uno specchio punteggiato e usurato dal tempo mi riporta da dove sono venuto.

Mia madre si volta e mi dice

"Non ho tempo per te"

"Sto male i problemi sono enormi Dio ci porterà via prima o poi… o volesse ora."

Eppure sono anche lì e ascolto un vento siberiano che sibila e mi domando che ci fa qui da noi e un uomo davanti che mi dà le spalle e io vedo nello specchio.

Gli vedo la faccia e gli occhi il naso pronunciato e la bocca sottile, un'eleganza innaturale qui da noi come il vento che alza la città verso il cielo.

Anche l'udito mi inganna. Mi fa ascoltare suoni e diventano melodie, si trasformano nell'eco di un altro mondo.

È di fianco a me e sfiora le spalle. Ma ora non so se è questo soffio la verità o se è il fatto che l'uomo sta seduto e forse anche lui mi osserva, perché in quello specchio ci sono anch'io.

Mi vedo una faccia e pensavo di non averla.

Mascella larga e occhi piccoli. Naso delicato in un volto maschile.

Dicono che somigli a mia madre.

Ma io non sapevo di avere una faccia.

"Ho bisogno di Bob. Devo raccontargli."

Mi alzo, vado in bagno, oggi ho bevuto troppe birre, poi mi siedo sull'asse del water e aspetto.

La mia faccia è arrossata la guardo nello specchio minuscolo che sta sul lavello.

La barba è ispida e rada.

Mi accarezzo le guance do un'occhiata alle piastrelle lucide d'azzurro, intatte, penso nuove, che fanno da sfondo alla mia foto segnaletica.

Ora so qual è la mia faccia e mi lascia perplesso. Non mi riconosco.

"Io non volevo conoscermi" borbotta il cervello e brontola sordo. Bolle e scoppietta. Il mio cervello è polenta che scotta.

Esco dal bagno e penso e guardo in direzione del tavolo dove stava quell'uomo. Ha approfittato della mia assenza e se n'è andato.

Pago e chiedo

"Viene spesso quel tizio?"

"Perché me lo chiedi?" risponde il barista sospettoso.

"Così, mi sembra di conoscerlo ma non ricordo chi è"

Il sospetto gli cresce sul volto veloce come un miracolo.

"Quel signore elegante solitario di una certa età, quello che si è seduto davanti allo specchio…"

Trascino la domanda

"Qui tutti sono davanti allo specchio."

Non ha torto il locale è piccolo, ristretto come il suo caffè da ulcera, scuro come la cioccolata fondente, antico come se appartenesse a un'altra storia

"Fa niente"

Girerò altri bar, ogni giorno dopo il lavoro, cercherò.

E vado verso casa alzandomi il collo della giacca, incassando la testa tra le spalle, cercando di fendere il vento spingendo in avanti tutto il busto, socchiudo gli occhi per impedire alla polvere di ferirli.

Non basta, li chiudo per qualche secondo, li strizzo. Li sento bruciare.

E quando il fastidio diminuisce e le lacrime sciolgono i granelli di polvere, li riapro.

Si ripete il mio sintomo. Non vedo.

D'accordo lo accetto.

Mi fermo e aspetto.

E mentre il buio della cecità transitoria mi culla, la voce maschile che parla ricorda una voce già ascoltata

"Come i ciechi cammina senza paura, prosegui a tastoni, lentamente – la strada è breve, la conosci. La paura non ti serve. Vai".

E quando si è ciechi si vede attraverso il tatto ci si orienta con il suono e il vento rivela i punti cardinali.

Per questo motivo i muri che percorro con il palmo della mano hanno il colore vivido dei riflettori, il piede che scorre strisciando sul marciapiede mi rivela il passo e passo – passo il cammino.

E il freddo mi circonda disegnando il mio corpo nella città nuova.

Penso di essere sotto casa e la porta si apre. Si apre senza che spinga, da sola o qualcuno l'ha aperta.

L'aria è cambiata, il freddo è precipitato condensandosi in gocce tiepide.

Pioviggina.

Quando entro e salgo le scale il cuore mi batte nel collo.

Non mi spiego il motivo, ma vedo.

Salgo le scale a due a due perché non so.

Ma mi accompagna l'idea di trovare una persona di sopra, seduta in cucina, insieme a Bob e parlano – parlano – parlano…

Mi convinco che sia quell'uomo, quello del bar e che Bob conversi con lui.

Vedo l'uomo seduto, Bob in piedi, a luce debole, una conversazione intensa e complice.

E sale la rabbia, m'infuoco e la testa sbatte dentro, sbatte perché il cervello vuole fuggire… sbatte. Sbatte.

Bob non può sostituirsi a me.

Giro la chiave e mi rovescio dentro la casa sapendo che la mia rabbia sarebbe esplosa finalmente, contro quel viscido frocio di Bob.

E mi gelo come se un raggio glaciale mi avesse bloccato sulla soglia della cucina.

Una donna è seduta e piange, il viso tra le mani e Bob le accarezza la testa, la consola.

Non capisco chi è, penso a quella con le borse della spesa, penso che sia tutto ovvio e che lei sia la sua amante segreta. Penso che non la voglia condividere con me, perché lui ha dei sani principi perché lui se non è saggio impazzisce e perché sa che io faccio godere una donna molto più di quanto lui può fare. E si ridurrebbe a guardare me sopra di lei dentro di lei per un tempo insopportabile. E lui mi ucciderebbe. Ma non vuole uccidermi.

La donna in risposta si scopre il volto.

Mia sorella.

Due passi indietro e uno verso destra, il muro mi nasconde ma ascolto e vedo una fetta di cucina.

La fetta è tagliata a trapezio irregolare e la luce lo tinge di aria.

È leggero quell'angolo, impalpabile.

Uno spazio diverso che assomiglia a qualcosa che si dondola dentro di me. Piano e forte, fino a farmi venire il mal di mare.

La nausea è sostituita da un conato di vomito che rivela la mia presenza.

Mia sorella ha uno scatto e corre verso la porta d'ingresso. Neppure si ferma a guardarmi.

E Bob è là, nella luce. Fermo anzi immobile, forse senza fiato.

Lui è nella luce.

Mia sorella inghiottita dal buio.

Tutto sparisce e Bob si avvicina.

"Tua sorella mi ha raccontato"

È aspro disgustato.

"Tu l'hai violentata l'hai distrutta di lei non rimangono che quel poco di ossa e di carne. Tua sorella ha un figlio, è sposata… ma il figlio è tuo"

Non reagisco.

"La sua vita fa acqua e affonda lentamente e tu ne sei la causa."

È severo, ma sono certo che non voglia farmi male.

"Mia sorella è morta" rispondo.

"Morirà."

È scritto – da me da nostra madre da suo marito e dal figlio, anche da Bob è scritto

"Perché non me l'hai confessato?" chiede.

"Sono cazzi miei e poi chi ti dice sia vero? È una pazza vittima di una madre pazza."

Ha inventato tutto per giustificare la sua follia e così, quando succederà, quando deciderà di terminare i suoi giorni, tutti noi dovremmo sentirci in colpa.

Ma non funziona così. Non così cara sorella, caro Bob. Diremo

"Era fragile era una debole, non ha retto alla vita perché non aveva le palle."

Lo diremo tutti, anche tu caro Bob.

E tu sarai il più crudele amico mio, perché le avrai accarezzato i capelli, l'avrai consolata e poi avrai ritirato la mano

"Tanto è tutto inutile, non ce la farà"

L'hai detto un giorno, ti ho sentito.

L'hai detto o lo dirai, ma l'avrai lasciata a se stessa, perché è così che si fa.

"Allora non lagnare, Bob. Non commiserare. Non giudicare. Non condannare, Bob. Io – io almeno le ho dato un piacere che pochi conoscono."

Unavitavaleunattimodicarnecheamalasuastessacarne.

"È un peccato, idiota."

È un tabù, Bob. Sii preciso.

La libertà di violare un tabù e goderne, questo è stato il mio regalo assoluto alla mia dolce, povera, remissiva sorella.

Ma Bob viene dal niente e nel niente ritorna.

Lui sparisce e io da solo, in una cucina sporca, maleodorante, dove fritto e immondizia si mischiano in un aroma disgustoso.

Ho nove-dieci anni, sono seduto su una sedia e mia madre ha i capelli castani, i capelli raccolti, la pelle compatta e i suoi pensieri in testa. Non mi rivolge parola, ma mi prepara il pranzo.

È stanca delusa.

Penso sia delusa da me, anzi ne ho la certezza, ma io sono un bravo bambino, sto in un angolo e non disturbo, la lascio tranquilla a gustare le sue ossessioni.

"Verrà il giorno in cui saremo sotto i ponti" borbotta a mezza voce, ma tanto chiaro che io possa capire.

Verrà il giorno che io sarò libero, sotto i ponti ma libero.

"Tu non capisci" mi guarda "e pensare che un ragazzo della tua età dovrebbe stare vicino alla mamma e consolarla. Tu non hai sentimenti… tua sorella, lei si, lei sa la pena del mio cuore e conosce le ansie che non mi fanno dormire. Tu a cosa pensi? Dove corri con la tua stupida fantasia?"

Io guardo lei e non ho bisogno di fantasia per capire che mi considera un bambino cattivo.

Così pensavo allora, come nelle favole.

Io ero un bambino cattivo, mia sorella invece era buona. Sapeva piangere.

La casa della sconosciuta è un'armonia di consuetudini.

I tappeti, le tende ricamate. I colori e l'accoglienza.

Quando precipito nella sua casa sono un uomo diverso. Un uomo stupito.

La sconosciuta coi suoi fianchi ondeggianti in una casa morbida di cuscini e cordialità.

Tante volte mi siedo in poltrona e lei non mi vede.

Capisco che comunque non si sente più sola. È imbarazzata come se un altro la osservasse, si sistema il vestito addosso, si spazzola i capelli, si guarda allo specchio.

La vedo sempre più stanca e ora so che è sposata, madre-moglie.

Un maschio di circa otto-nove anni.

Sconosciuta, mi stai deludendo.

Eppure se ti osservo mentre ti spogli nel bagno grande più della mia stanza da letto, e ti infili nella doccia, non mi deludi più.

Sei invitante, sei felina, una preda in grande stile.

So che vuoi che io ti catturi, non so invece se lo voglio io.

Lasciarti prigioniera dell'attesa fino a ridurre le tue voglie sopite a uno sciocco romanzo femminile, un fumetto di cuori colorati. Prigioniera di una banale vitaccia, prigioniera di un'attesa che non diventerà mai vita.

Ci godo, provocante sconosciuta.

Ci godo a vederti sfiorire ingrassare dimagrire, asciugarti odiarti fustigarti. Come mia Madre. Esattamente come lei.

"Io sono un bambino cattivo" le sussurro all'orecchio mentre è nuda.

Lei si gira dalla mia parte.

"Uno spiffero d'aria?... O un sospiro del principe?"

Sono un bambino cattivo non fidarti. Scivola sotto la doccia fin che puoi.

È più forte di me.

La spingo.

Non troppo. Quel che basta per farla cadere e lasciarla di sasso.

Si massaggia una caviglia, poi il ginocchio e non capisce non capisce.

"Non sei sola" le sussurro.

Allarga gli occhi.

Ha sentito.

"Stai impazzendo sconosciuta."

Chiude gli occhi e alza le spalle.

Il vapore la circonda, io la lavo guidando la sua mano.

Lei lascia fare.

Prova sicuramente un senso di beatitudine.

"Chissà a cosa lo attribuisci?"

Glielo sussurro, ma so che non lo sentirà.

"Sei felice sconosciuta?"

Lei guarda dalla mia parte e gli occhi sono dolci come di femmina antica.

So che pensa di amarsi in questo momento, anche lei povera sciocca, come Bob.

"Ami me sconosciuta, ami le mie mani e la mia voce."

La guardo mentre chiude il getto d'acqua. Dalla testa ai piedi e poi dai piedi alla testa.

"Sapevo che saresti stata mia."

Si avvicina allo specchio – l'accarezzo.

I suoi occhi sono fissi su se stessa, quella di fronte, quella che non si muove, non capisce.

E sente.

"Sconosciuta" le sfioro il collo con le labbra chiude gli occhi, cosa pensa?

Non lo so, ma è appagata da un momento di magia.

"Non è magia, sconosciuta"

E le mie mani disegnano i fianchi, i glutei, si scaldano nel suo sesso delicate come un tocco d'ala.

"Lasciati andare sconosciuta, non sei sola."

La testa leggermente chinata all'indietro come se si appoggiasse a me.

Si abbandona alla pace.

Pace piacere soave interiore senza possesso, senza dolore... Pace...

"SCONOSCIUTA DIFENDITI!"

Io freno, quando accelero troppo freno, la strada si unisce in un punto, le strisce convergono.

La strada sparisce.

Io allora freno e il buio mi placa, sono cieco e comincio a pensare che nella cecità stia la mia salvezza.

Lo psicoterapeuta diceva

"Tu dimentichi il dolore dell'infanzia in quel buio."

Io non so cosa dimentico perché ora c'è Bob vicino al corpo svenuto della bella sconosciuta.

C'è Bob che le accarezza i capelli perché Bob è un coglione.

Non si accarezzano i capelli a una donna!

Glielo urlo nell'orecchio, ma lui non sente.

Bob è solo con la sconosciuta.

Loro non sanno della mia presenza.

E lei respira muove le dita della mano apre una fessura d'occhi li richiude e prova e riprova, spalanca gli occhioni smarriti.

"Il mio cuore" sussurra "il mio cuore… perché me l'avete fatto abbandonare in quel posto?"

"Quale posto?" Bob domanda.

"È lontano… troppo."

È là, lo so anch'io, ma quel cretino di Bob crede solo a ciò che vede.

Sconosciuta, il tuo cuore è di mummia, asciugato ritratto e nero, meglio che tu non veda sconosciuta.

Guardi Bob e sorridi, ma tu hai perso coscienza come me, sei uguale.

Tu non sai cosa ti ha fatto Bob, sei svenuta.

Io lo conosco io lo so ha ucciso mia sorella e dice che l'ho spinto io.

Ha violentato mia sorella e dice che l'ho violentata io.

Bob è falso.

Non credere alle sue carezze.

Eppure so che tu ci credi.

Una donna crede sempre alle carezze.

Guardo la luce che si stringe e si insinua dai vetri opachi di una vecchia pioggia poi si allarga si mescola alla penombra, guardo la luce stanca di un interno di casa qualunque.

I fantasmi abitano la casa. Figure smorte che si muovono nell'inquinamento delle loro menti.

"Siete fottuti" mi viene da pensare "la selezione naturale vi ucciderà, forse vi fornirà un'arma e farete da soli, forse vi offrirà un mezzo un espediente, o forse io sono il destino, il vostro destino".

Ma tu, sconosciuta, volevo salvarti… sono i tuoi fianchi e le tue labbra la tua voglia segreta.

Voglia di me sconosciuta… ma perché Bob è lì, vicino a te ti accarezza tu gli parli, lo conosci, lo vedi? O parli da sola – sei sola come me? E se tu fossi il mio destino?

Lui l'aiuta ad alzarsi le appoggia l'accappatoio sulle spalle, la avvolge la accompagna a stendersi sul letto

Le dice amore stai bene fallo per noi.

Io non capisco.

E poi mi accorgo che su un tavolo da nonna, uno di quei luoghi ridicoli dove le foto si addensano e trasformano l' ipocrisia e il dolore in dolci ricordi, in una cornice di legno scuro un uomo e un bambino e sono Bob e il figlio della sconosciuta.

Lei si lascia abbracciare lei si arrotola su se stessa come un gatto che vuole riposare cerca la pace del feto e il tepore del liquido uterino.

Bob è il marito?

Me ne vado sulla strada della città virtuale.

Un tornado mi ci porta, mi sbatte a destra a sinistra, cerca di uccidermi maciullandomi nel vortice, sbattendo il mio corpo come il predatore fa con la preda.

Ma quando cammino su quelle strade sempre notturne, con la nebbia leggera e i pensieri sciolti nell'aria, quando vedo il bar e ci entro, il mio tavolo è libero e lo specchio ancora vuoto, mi siedo e aspetto.

Quell'uomo mi promette una svolta.

Raramente non arriva, e quando entra cerca il posto che mi rimandi il suo volto nello specchio.

Ho fiducia in lui nel suo sguardo, nella sua pacatezza.

Un giorno ci parleremo e saprò chi è e perché mi cerca, così capirò anche perché io entro nella città notturna e lo aspetto.

Capirò che città è quella dove sono dove vivo questa vita, capirò che la città soffice e conciliante dove mi nascondo è altrove. Forse capirò se è passata o futura, se è il sogno di un bambino o il tramonto di un vecchio. Se il domani è davanti o alle spalle.

Saprò se esiste una direzione

SCONOSCIUTA, ALLORA TU SARAI VICINO A ME È UNA PROMESSA.

E tu Bob quel giorno dovrai prostrarti ai miei piedi e adorarmi come si adora una divinità.

O hai dimenticato, nel tuo presuntuoso buon senso senza il quale sei un pulcino smarrito o un mediocre assassino, che cos'è una divinità?

È notte anche nella vecchia casa dove ho attraversato l'infanzia e da dove ogni giorno sono fuggito e ogni sera rientrato per anni.

Dove mia madre non mi guardava in faccia e mia sorella mi rimproverava di non essere figlio.

La casa è buia, accendo la luce in ingresso e poi in ogni stanza. In ognuna delle poche stanze. Anche in bagno.

La luce fioca o glaciale a seconda della lampadine che ci ho avvitato io.

L'appartamento è deserto.

Neppure Bob.

Nessuno.

Neppure il ricordo delle nostre bevute.

Neppure il ricordo del disgusto che il mix di immondizia e bagno-schiuma alla rosa procurava ai miei pensieri più che al mio stomaco.

Se ne sono andati tutti.

È così che i ricordi vanno a farsi fottere.

Non senti più odori – rumori – voci non vedi più il pavimento opaco cosparso di briciole e lanugine.

E così la gente sparisce.

Un soffio o un'esplosione, un coltello o una malattia e la casa è vuota.

Allora torno a guardare la sconosciuta che dorme nel suo letto. Sola.

Il figlio nella stanza di fianco.

Sono in piedi a un metro dal letto.

Intravedo, non vedo.

Solo la sagoma coperta, il respiro tranquillo.

E lei mi stupisce quando apre gli occhi mi guarda e mi dice vieni.

E mi allunga una mano.

Io la prendo.

Lei mi vede.

"Da quando?" le domando

"Da sempre"

Prima che io diventassi il suo fantasma.

Già prima lei era il mio. Io non sapevo-non sentivo.

Non capivo.

Lei è stata il mio fantasma mentre io le guardavo i fianchi ondeggianti da destra a sinistra e poi da sinistra a destra e poi ancora destra e ancora sinistra e ancora e ancora.

Io la vedevo di carne.

Io immaginavo il suo sesso che si apriva sotto di me e lei invece era di fianco, un'ombra d'aria.

"Vieni" dice e mi porta alla finestra e scosta la tenda bianca e ancora ripete vieni e poi guarda.

Vedo il buio, il buio di tutti, quello della notte illuminata a tratti dalle luci di un'autostrada lontana che perlustrano il cielo senza averne motivo. Non cercano nulla ma roteano e scivolano o scompaiono di colpo. Una danza insensata.

"Non vedi?"

La notte? Sì la vedo.

Non è quella è giorno è alba luce pulita.

"Perché non vedi? Laggiù una mano... è la mano di un uomo. È mattina mi aspetta devo andare..."

No, è sparita.

Ma torna, torna sempre.

Perché non vedi? Ricordi quel giorno vicino a una finestra, non questa, ricordi il fuoco nel cielo e il fumo? Lo so c'eri e hai visto con me"

Lo ricordo – ricordo la fine di un giorno come un altro, ricordo la fine del mondo come finisce ogni giorno, ma ricordo l'apocalisse nera un uccello che sfiora l'acqua e io spero che anneghi e vedo il corpo riaffiorare gonfio che si lascia cullare, ma tu, sconosciuta, non c'eri.

"C'ero" mi dice "ero quell'uccello"

La guardo, inebetito come si guarda la follia.

È un mondo che ti precipita addosso con la forza di un meteorite.

Non so cosa dire ho paura di sbagliare ed esco con la cosa più sciocca che le mie corde vocali hanno recuperato nel cervello.

"Tu... così bella?"

Io così bella – quando sono annegata mi sono gonfiata come tutti gli animali io ero livida io... ma non ero io.

Era l'annegata, il giorno in cui sono finita nel fiume.

Ora l'annegata non c'è più ed eccomi vestita in qualche modo, svenuta, risvegliata.

Si sposta e accende la tele con un gesto banale, come tutti.

L'immagine è buia, un bianco e nero confuso su un'autostrada ampia.

Colonne di auto in marcia lenta, senza stop. Colonne nomadi.

Lei mi guarda

"Voglio essere lì con loro. Voglio essere in quelle auto, semplicemente."

Abbassa gli occhi.

È stato terribile quando sono tornata.

Terribile.

La mia vita dissolta, ero stata felice lo so, ma nessuno ci credeva.

Non li riconoscevo... e mio figlio? Da dove era venuto mio figlio?

E poi si copre il volto e piange a singhiozzi violenti, mi si avvinghia e ripete ora è solo ora è un uomo.

"Lo vedi? È là entra in un bar, si mangia un panino a pranzo, è solo... io morirò.... morirò ancora... e poi tornerò, e lui morirà e tornerà e ci rincontreremo, ma lui non lo saprà mai, non sa di vivere e morire e poi ancora vivere e morire e ancora e ancora cullandoci nel tempo, dondolando" e dondola morbida in un culla senza tempo e senso.

E poi si riprende si trasforma in un lampo di sesso, brilla e sospira.

"Come i miei fianchi, questo lo ricordi vero?"

Accosta la bocca alla mia ed è un bacio.

Fumo.

Un bacio dissolto nel fumo acre di una ciminiera inquinante.

Ora sono io che parlo

"Vedi il fuoco nel cielo, la città che si incenerisce, vedi l'apocalisse con me ora?"

Fa cenno di sì.

Non mi sento di rientrare a casa mia stanotte sono solo non c'è Bob, neppure la vecchia e le sue spalle curve.

Non mi sento.

Eppure entro, mi butto sul letto e dormo.

Il mio psicoterapeuta credeva che nel sogno prendessero forma i conflitti del mio cervello malato.

Ho sempre pensato che il suo fosse un atto di fede come un altro, ma non gliel'ho mai detto.

Non volevo sapesse che ero in grado di dedurre e analizzare, giocavo a fare l'anima persa semplice-ignorante.

Voleva districare, estrarre simboli come essenze dalle erbe, voleva capire catalogare ricondurmi a me stesso convincendomi che dentro di me macerava la malattia.

Potevo guarire. Con le sue erbe maleodoranti che spuntavano dalle mie parole – tante – dalle sue lapidarie osservazioni.

Mi diceva, la tua vita e quella degli altri si somigliano... mi diceva tu sei così e così... il tuo comportamento è riconducibile ai tuoi rapporti con la madre, il padre, il sesso...

Non sapeva di essere un mago.

Io lo vedevo nella notte a leggere gli astri lo immaginavo a predire il futuro evocare il passato – quando mi guardava dritto in faccia.

Quella notte è successo.

Ho dormito e sognato la città virtuale.

Nel sonno, quello dell'infanzia, tranquillo e riposante.

E camminavo come ogni passante sentivo l'asfalto sotto i piedi salutavo qualcuno ogni tanto e lui rispondeva, mi riconosceva come se un pezzo della sua vita girasse intorno alla mia, e la mia alla sua e i cerchi di ogni vita si intersecavano componendo un disegno infinito.

Era insolito che in quella città fosse giorno e la sua luce di polveri lievi si potesse respirare – ossigeno.

Ossigeno puro inebriante allucinatorio.

Era come esserci.

Ho superato il bar e sbirciato dentro.

Il barista mi ha salutato con la mano. Il bar era vuoto.

L'uomo anziano non c'era, ma ho incontrato un tizio, poco più alto di me carnagione chiara colorito acceso i capelli irlandesi. Mi ferma e mi abbraccia.

"Ehi" mi dice e continua – dove sei finito? È tanto che non ci si vede...

Mi trovo a rispondergli

"Certo, Bob."

Sembra che l'endovena di luce e di mente appartenga un po' a tutti...

Mi dice che si è sposato... una moglie deliziosa ed esaurita, ma tutto si sistema, dice.

"Si sta riprendendo?" chiedo.

E tutto è normale come se fosse stato da un tempo di vita ragionevole.

Qualche anno, penso-qualche anno che non lo vedo e si sposa... penso.

Me lo lascio alle spalle, ma l'istinto mi fa frenare.

Un attimo immobile mentre l'aria è trasparente.

Giro su me stesso e lo inseguo

"Bob... ti ricordi mia madre?"

"Come no, è tanto che non la vedo... povera donna piccola povera vecchia donna"

Forse legge l'interrogativo nella smorfia che non tento neppure di attenuare.

"Si è più ripresa dopo... dopo... tua sorella?"

Perché esita – sospende – respira a ogni parola come se gli mancasse ossigeno suono o coraggio?

E la smorfia rimane si accentua si ritrae.

"Cazzo ho sbagliato..." sospende.

Cazzo cosa!? Vai avanti...

Perché io sto vedendo le nuvole basse colore dell'asfalto fresco annuso l'afa e il catrame mi prende la gola, non è freddo non è autunno... un uccello si infila nell'acqua del fiume buia tremolante ma ferma – uguale all'aria.

"Ci beviamo una birra?" dico a Bob.

Ora ricordo.

La sconosciuta parlava del volto di un uomo, l'unico-diceva – che vedeva e rivedeva ogni giorno, pulsante e ossessivo, l'unico che ricordava vicino al suo viso.

Sempre più dettagliato, ingrandito deformato dalla vicinanza – una lente d'ingrandimento tra di loro, uno zoom sugli occhi di quell'uomo e poi il silenzio. Non parlava più, la sconosciuta, e poi piangeva – calma dolente, stringendo i pugni dolcemente e portandoli al petto.

E lo ripeteva a ogni nostro incontro segreto, nello spazio tra i ricordi e il futuro – senza ali senza piedi.

"Bob, io conosco tua moglie" sbotto di fronte alla birra, nel pub antico dei nostri discorsi.

"Lei sta male" e lo fisso.

Mi dice che lo sa che da tempo la cura che da anni è in psicoterapia, migliora lentamente.

"Perché, secondo te migliora?!" Gli direi.

Ma la rabbia è violenta Bob, come un tempo quando volevo uccidere te al posto mio.

Non l'ho fatto allora, Bob.

Non l'ho fatto perché non era ancora venuto il tempo, ma verrà.

Da qualche parte quel tempo esiste, Bob.

Ed è già stato, Bob.

Non avere paura, povero sciocco amico, non preoccuparti, l'hai già vissuto ,non ricordi?

Ce l'hai dentro, lo senti?

È un coltello o le mie mani che si stringono intorno al tuo collo e soffochi e ti gonfi e il rossore delle tue guance dalle tinte irlandesi, diventa fuoco… sei paonazzo, Bob, paonazzo e ridicolo.

Non temere il passato Bob. È scontato.

"Sei una testa di cazzo, Bob!" gli dico alla fine – e me ne vado.

Mi alzo ed esco con il caldo soffocante di una sera d'estate che puzzava d'amore e io che cercavo gli amanti annusando l'aria intrisa del loro sudore del loro bacio, ascoltando i mugolii sospiranti, le note nascoste di quella inutile canzone che vorrebbero cantare al mondo.

A nessuno interessa, vi assicuro!

Solo a me che vi cerco per guardarvi finalmente in faccia prima di farvi pagare la vostra melodia banale con le gocce del vostro sangue.

Le mescerò tra loro, vi assicuro.

In memoria del vostro amore nei secoli, ve lo prometto.

Una pozione d'amore – qualche goccia di sangue e uno sputo, il mio, sulla vostra morte, sulla fine del vostro sogno patetico e oltraggioso.

"Offendete il mondo voi due!"

Ho urlato a un uomo e una donna che si baciavano.

E me ne sono andato.

Quando si sono voltati e mi hanno guardato con la pena negli occhi verso il cane randagio che ero ho capito che non erano loro le mie vittime.

Sono un vigliacco Bob.

Per questo sono ancora qui.

Siamo predestinati Bob.

Per questo in quella notte che vive oggi la sua verità, io non ho agito. Non era arrivato il tempo.

Non era tornato dal buio del cielo pesante di afa stellata o burrasche prigioniere.

Sul fondo melmoso del fiume, annegato.

Sul suolo sconnesso del mio cervello.

Esanime esangue insignificante simbolo di ombre e polvere.

Sta per risorgere, alzarsi, rivivere dopo un tempo infinito di morte apparente.

Ti ho trovato Bob.

Sei tu.

Io sono Gabriele invece.

Un angelo mai nato.

La sconosciuta è vicina, con le gocce e le pillole e lo schema riportato su un foglio dell'ora e della quantità di ognuna.

Da assumere piano, godendole e amandole. Ogni giorno quattro volte al giorno.

In mancanza d'amore.

C'è scritto anche questo, dolce – infelice compagna di Bob?

La camera è nebbiosa neanche fosse l'autunno, la luce grigia diventa plumbea quando un raggio drogato e infelice colpisce un angolo solo della stanza.

Mi corico di fianco a lei e le tendo la mano.

Lei accetta e infila la sua tra la mia, mi stringo in un pugno di tepore.

"Bob ha ucciso mia madre"

Glielo dico così, come fosse un fatto di cronaca come se sfogliassi il giornale incuriosito.

"Sai… sai Bob, si proprio quel Bob che conosci, lui ha ucciso mia madre"

L'avresti mai immaginato sconosciuta?

Oppure come quel raggio voglio ferire la sua mente debole voglio svegliarla come a volte la lama di un coltello alla gola riaccende alla vita.

Voglio che urli

"Sei pazzo? È mio marito!"

Ma non è così, lei mi guarda con gli occhi sperduti in un bosco di lamenti e di ombre inquietanti.

Mi stringe più forte.

Allora è vero.

Bob è un assassino.

"Povera madre" le racconto "povera madre. Ho aperto la stanza e trovato le sue piume grigie per terra, le ho raccolte. Mi sono avvicinato al letto e c'erano ossa di donna deforme, ho annusato l'aria della stanza e ho sentito la cenere e l'incenso. Non le ha dato cibo né acqua. Mia madre è morta di stenti. E poi mi viene a dire che la porta era chiusa che aveva dimenticato che c'era lei dentro e aveva bisogno di assistenza, che il primo ad andarsene ero stato io."

E le penne? Di chi sono? sembravano masticate e sputate, come se un gatto ci avesse giocato.

"Ogni donna è un uccello…" mi ha risposto.

Lui è il pazzo, lui che ha lasciato morire quella povera vecchia.

"Io stavo male Bob, non ero in me. Toccava a te curarla"

"Anch'io stavo male. Mi hai lasciato qui, solo con lei e te ne sei andato. Non era mia madre!"

Devo uccidere Bob.

Lei ascolta, non dice una parola, io continuo.

"È lunga la strada per la pace, sconosciuta."

Io devo portare giustizia.

Le accarezzo i capelli mentre lei si abbandona agli antidepressivi.

Sono scomposti, da giorni non li lava – da giorni non si veste.

Non ricordi la tua bellezza, quella che mi accendeva, quella che mi faceva sentire l'umido del tuo sesso solo col pensiero?

Ancora ti voglio, sconosciuta, ma qualcosa è cambiato.

Il languore mi prende, dal tuo fiato il tranquillante mi intossica, le palpebre basse e il sonno e la nenia… devo uccidere Bob, te lo devo.

Se lo uccido i tuoi fianchi torneranno forti e sottili a trascinarmi in qualche angolo buio.

Ora la luce è latte ha il sapore delle prime ora di vita.

Siamo chiusi in una perla, nel segreto del mare.

Siamo nella luce che non illumina il buio.

Lei si siede sul letto ed è bella. La sua carne turgida e giovane il sorriso chiaro gli occhi scuri e accesi.

Si sveglia come se fossimo agli inizi di una vita.

Dopo una notte d'amore.

Mi rivolge un lago di dolcezza e il miele della Bibbia, il nettare di tutti gli dei, l'abbondanza del sogno.

Mi si stringe addosso e sussurra

"Uccidilo, uccidi Bob."

"Dov'è ora?" le chiedo

"Al lavoro."

Io non conosco niente di Bob eppure siamo stati amici.

La sua vita è cambiata – non la mia.

"Lui ti odia" mi dice "lui ti odia dalla sera in cui ci hai insultati. Io no. Ti aspettavo" e corruga la fronte "ma non sei tu quell'uomo, non è tua la mano che vedo e si sposta qua e là. Mi confonde. Ma è lui l'uomo che cerco"

Allucinazioni.

Semplici allucinazioni da farmaci troppi e mischiati. Diventano magia.

Interferenze esasperazioni effetto collasso effetto doping.

Le soluzioni sono semplici nella vita. A volte non ci si pensa e quando Bob rientra mi trova coricato sul letto con sua moglie si avvicina e mi vuole parlare.

Ma poi ci ripensa, si siede sul bordo del letto come un tempo.

Eravamo amici un tempo, io e Bob.

Apre un cassetto fruga a cercare qualcosa.

Io osservo le sue mosse in tempo reale, non accelero non rallento, perché la vita ha un tempo – solo quello.

Eppure so cosa sta facendo e non reagisco.

Perché il tempo di questo momento è già stato.

Io lo conoscevo, sapevo.

Quando il passato torna ed è travestito da futuro, c'è poco da fare – è destino.

Non puoi che accettare aspettare.

Mi avvicina una pistola alla tempia e spara.

"Da quando lei è convinto che la città sia nata dal suo cervello? Pensa che Bob le abbia sparato, quindi... e il cervello sia schizzato sulla parete dietro il letto... sangue e cervello, quindi... ed è nata la città che lei vede, in cui cammina, in cui incontra Bob e sua madre da giovane e sua sorella bambina... e un uomo anziano che non conosce, ma che dimostra una certa propensione verso di lei... in questa città tutto è calmo e quotidiano... non sbaglio vero?... Lei sta ricreando il mito, ne è cosciente?"

Sono state queste le prime parole dello psicanalista alla fine della prima seduta.

Ne è passata di acqua sotto i ponti Bob.

Il mito.

"Che cazzata!" gli ho risposto.

E me ne sono andato.

Era solo un fatto di corna?

Non so e non credo, ma è giunta l'ora di renderti lo stesso piacere amico mio.

"La vendetta è un dea" ho detto allo psicanalista la seduta successiva.

Me lo aveva detto Bob nei suoi sproloqui intellettuali.

Io a mala pena lo seguivo, mi annoiava.

Ma tutto serve nella vita, Bob.

La tua saggezza mi sconvolge.

E quest'arma che mi trovo in mano me l'hai passata tu.

Perché sei mio amico? Perché mi odi?

Noi non possiamo vivere – o io o tu.

È una roulette russa.

Una pallottola sola e molti colpi, solo quel giorno, quando giocheremo guardandoci negli occhi e tremando e sudando, quando avremo paura della morte come un animale inseguito e gioiremo della vita come di un regalo inatteso, solo allora sapremo chi di noi è un assassino.

Nel frattempo tu vivi accanto a lei, sconosciuta, e la curi senza sapere che malattia ha veramente e io vi guardo.

Vedo te Bob, vedo lei.

Ma lei guarda la tua faccia sbiadita e vede me, parla con me.

Io sono nel suo cervello più vivo del tuo sbiadito rientro ogni sera in quella casa prevedibile e stanca come la voglia di vivere di tua moglie.

Ieri, sì proprio ieri amico mio, lei ha guardato oltre il vetro.

Una persiana chiusa dal vento e l'altra spalancata.

Mi ha detto non c'è più cielo, qui ormai siamo rimasti senza e mi guardava annoiata dalle sue parole, stanca di cercarlo e non trovarlo.

Le cornacchie gracchiavano, erano urli di guerra.

"È la lotta per l'ultimo albero" mi ha detto.

Le nuvole dense e compresse promettevano l'esplosione della vita – una nuova galassia o la luce della nostra nascita che ci aveva raggiunto di nuovo.

"Sono stanca" mi ha detto "fammi dormire".

L'ho aiutata a dormire e tu pensi che sia in coma per un'overdose di farmaci?

No ora sta bene, si riposa. Se hai pazienza si sveglierà e sarà una donna nuova.

Io sono nel suo sogno mentre dorme e lì c'è vita, non come di fianco a te fra queste mura.

"È l'apocalisse" mi guarda da sopra il letto dove dorme, ma non c'è Dio, continua.

"Mi tiro dietro il mondo. Le cornacchie sono il presagio della mia apocalisse… Sto morendo?" me lo chiede senza tristezza, giusto per sapere.

Le sorrido: stai nascendo, le dico.

Non le sto mentendo, la nascita non è un fatto anagrafico

"Ora hai un'occasione" le confermo.

Lei mi guarda sbiadita e non mi crede, pensa che io la consoli, pensa che le voglia tenere la mano per renderle il passaggio indolore.

"Sei tu che ti sbagli" e le apro i vetri della finestra chiusa "spicca un volo accidenti!"

Lei ritira le ali, le raggrinza e somiglia a una farfalla trasparente nel bozzolo.

"Non così" le scrollo le spalle "non così"

Lei china anche il capo, perché il bozzolo è piccolo e la sua anima cresce. Non ci sta, non respira eppure dice che quello è il suo nido, che Bob la protegge, che sono io cattivo, perché lei non vola e si schianterebbe dopo poco, per avaria ai suoi motori stanchi.

"Vedi la tempesta?" insiste "ci gira sulla testa, trasporta alianti fantocci di avvoltoi e il vortice si restringe, diventa imbuto" si ferma "Ci risucchierà!" urla nell'attimo in cui le stringo le mani, mentre l'apocalisse ci strappa dal letto ci solleva. È un tornado.

"Non mi interessa provare sentimenti, anzi sono orgoglioso della mia cattiveria"

Lo psicoterapeuta mi guarda.

"Interessante, vai avanti Gabriele"

Avanti a dire cosa? Mi sembra sufficiente. Sono stanco delle balle che si raccontano.

"Sa quando l'uomo diventerà buono?"

Fa un gesto con la mano per dirmi di proseguire.

A me la parola. Sempre.

Ma vai a farti fottere.

Però gli rispondo perché mi piace quello che gli sto per dire e voglio vedere la sua faccia, voglio fargli capire che col suo straccio di laurea può farci altro

"Quando ammetterà di non essere affatto... buono"

Si quando divorerà gli altri come un animale feroce e quando si sentirà solo perché ha sbranato il compagno, e quando capirà che prima o poi toccherà a lui e non parlerà di Dio morale buon senso e rispetto, ma dirà sono qui per un attimo, tanto vale sia eterno.

Lui mi guarda perplesso

Poi.

"Potrebbe non fare una grinza, se quell'attimo eterno alla fine non fosse Dio"

Ma va al diavolo allora

"Quell'attimo eterno sono IO – solo IO"

Appunto ribatte e io lo ucciderei e poi gli direi – vedi che avevo ragione?

"La tua sindrome da superuomo si unisce alla bassissima autostima..."

So che non lo vedrò mai più, e mi sento un eroe buono.

Gli sto salvando la vita.

Quando la sconosciuta mi ha detto
"Mi sembra di vivere un incubo."
Io non le ho risposto.
Sapevo che era onesta con me e con se stessa.
Ero certa che vivesse dei suoi incubi.
Ora posso rispondere
"E se tu cominciassi a convincerti che quell'incubo è la realtà?!"

La mia vita ha avuto inizio un giorno – data ora mese anno.

Niente a che fare con un certificato.

È stato quando ho salvato la vita allo psicoterapeuta?

È stato quando ho visto il mago al posto suo Oppure è stato quando Bob è sparito?

Si parla di guarigioni improvvise.

Io sono un testimone.

Ora che sto uscendo da casa e le mie mani non sono insanguinate, penso di essere sano.

Quando Bob ha ucciso io mi sono ammalato.

Bob ha fatto morire di fame e di stenti mia madre.

E Bob la umiliava la insultava

"Vecchia sudicia puzzi e non ti lavi mai"

"Vecchia pigra e lagnosa non fai niente. Sei stanca? Ma di cosa? Te ne stai a letto tutto il giorno"

E io non vedevo, accettavo.

Io inseguivo il mio sogno violento, inventavo l'apocalisse, stupravo mia sorella e speravo, speravo lei ci morisse. Perché era giusto così... una donna oltraggiata muore, muore di dolore e di vergogna – se no che valore ha la dignità?

Ma mia sorella mi ha insegnato che si può camminare a testa alta e vivere e continuare.

Fortunatamente Bob è sparito.

Ora io torno a casa, la mia casa dove ho amato mia madre perché ha fatto tanto per me e mia sorella e mio padre l'ha mollata su due piedi e lei poverina…

Non l'ho mai visto, mio padre, forse in sogno, forse nei miei deliri.

Io torno a casa e amo mia moglie.

Non vedo l'ora di vederla, abbracciarla, cenare con lei e nostro figlio.

La mia casa è diversa, lo so.

Non è più la stessa, ma l'anima c'è e rende uguale ogni casa dove si vive per la famiglia.

E non posso lamentarmi, stiamo bene.

Peccato, peccato che mia moglie sia depressa.

Guarda il cielo come fosse un presagio, ha la testa piena di nuvole, piange e ride.

Depressa.

Ma io la curo.

Continua a parlarmi di un certo Gabriele.

Neanche fosse l'arcangelo.

Devo stare attento potrebbe commettere qualche follia, ma è in mano a un buon psichiatra, la curo…

Prima o poi guarirà.

Ma quando vedo ora i suoi fianchi sfatti, devo ammetterlo, rimpiango quella che era.

Rimpiango Bob.

Così padano, così facilmente umido e stagnante.

Così gustoso come la lepre in salmì, quella che si mangiava all'osteria dell'argine dove vanno i vecchi professori a mettere in scena la post-rivoluzione. Così stanchi e nebbiosi. Senza sangue, ma l'acqua del fiume nelle vene.

Allora capisci dove depongono le uova le zanzare, dove stanno al caldo per l'inverno, per ronzare noiose quando si affetta il salame e si beve un bicchiere di Bonarda, nella primavera delle galline e delle uova sode. Tutto sano, mi diceva Bob, tutto semplice.

Si parlava si parlava, ci si scambiano quattro idee da vent'anni, da trenta e forse più. Sempre le stesse. Cambiava l'anno dell'imbottigliamento.

E io rimuginavo pensando al cesso di casa intasato e alle cosce di mia sorella. Sentivo freddo sentivo caldo, e Bob mi bagnava del suo vapore di parole e di fiato.

"Non starmi addosso Bob! Sento il sapore d'aglio nel tuo fiato. Non lo sopporto Bob, mi fa venire la nausea"

"Sei un vampiro, amico mio. L'anticristo" ecco perché stavo bene con Bob, lui mi sapeva dare un significato. Io sono l'anticristo.

Voglio ancora bene al mio amico.

Appunti

Un foglio piccolo, 10x15, ingiallito, il disegno di una nave sul bordo inferiore. Era scritto che la scelta del foglio su cui appuntare un paio di idee non era stata casuale. Era scritto l'epilogo.

Penso l'avesse lascito Bon nel cassetto del comodino di mia madre.

Sono passati ancora anni prima di approdare a questo giorno – 31 ottobre.

Bob non si è più visto e la norma sta nel mio lavoro di scarico e carico merci. Un part-time agli scaffali del supermercato di mia moglie, che vivacchia e invecchia con l'aiuto dei farmaci.

Gestisce la cucina di casa e si informa su mio figlio. Si poteva pensare peggio agli esordi della sua malattia.

Bob ormai non avrebbe più senso. Non posso immaginarlo a filosofare al bar del centro commerciale, fra carrelli che si spingono per conquistare cappuccio e brioche e i sorrisi di vecchie signore che si vogliono godere l'ultimo tratto di vita.

Non posso immaginarlo con mio figlio che addenta un panino da Mac Donald's.

Mio figlio ha dieci anni ormai ed è il primo Halloween che si vuole godere. Finte paure, finte aggressioni, aspettando la vera paura.

"Lo porto in giro" urlo a mio moglie che acconsente.

Acconsente sempre.

Mio figlio indossa un banale costume da scheletro, io lo guardo. Lo guardo ancora.

"Cosa manca a mio figlio perché lo senta mio?" mi domando.

È un bambino che accompagno tra la gente, tra la folla di scheletri streghe, boia.

Fa caldo per essere la fine di ottobre. Come ci siamo arrivati?

Non ricordo l'estate, né il primo autunno.

Non ricordo lo scorso anno.

Non ricordo.

So quanti anni ho, ma non ricordo la mia storia.

Chi era mia madre? Che faccia aveva? Mi ha mai dato la mano quand'ero bambino? Ma sono mai stato bambino?

No – sono nato quando ho conosciuto Bob. È lui che mi frulla per la testa.

Sono giorni che non prendo le pastiglie. Io sto bene. Vivo e lavoro.

Ma come faccio a riconoscere mio figlio se non so cosa sia un bambino?

Nato adulto, nato sfatto e ora finalmente sono io.

Senza storia, ma ci sono.

E la gente? Sembra un fiume che mi ingoia, non sto bene.

La testa! Cos'è la testa se non un ronzare fastidioso?

"Ehi sono Bob" mi sussurra la sua voce "Ti ricordi?"

"Cosa fai?" mi domanda.

"Non vedi? Ho un figlio" gli rispondo. Ma sto male.

"Quale figlio?"

"Quello che tengo per mano."

"Non tieni nessuno per mano."

"Non prendermi per il culo come al solito."

"Guarda!"

Guardo e vedo davanti a me un uomo in maschera con il volto coperto dalla maschera di Scream

"Bob ti sei mascherato?" ridacchio "Sei rincoglionito, proprio tu con il tuo filosofare."

"Proprio io!" mi risponde.

Tiene un'ascia tra le mani e me la porge

"Dalla a mio figlio, sarà uno scheletro armato" Vedo Bob che la alza tenendola stretta con due mani, penso sia impazzito o che sia in vena di prendersi in giro. Mai l'avrei detto di lui.

E ora lo vedo a terra, sangue dovunque, la testa reclinata su una spalla.

Non capisco, non capisco più niente.

Forse l'ho ucciso?

Il pentimento? Mi direbbe il prete.

Cos'è mai il pentimento, io non riconosco me stesso nelle mie azioni. Ogni atto è guidato e telecomandato. Ogni atto è frutto di manovre occulte che gestiscono la mia mano e la mia azione. Io non sono un atto di volontà sono un banale esecutore.

Ultimo atto

Ho conosciuto mia madre al mio funerale. Non avrei mai immaginato che fosse lei a seppellire me, se penso solo – e ora lo ricordo – a quante volte io e Bob l'abbiamo uccisa. L'analista me l'aveva detto, diceva che la mia malattia mi avrebbe accorciato la vita, perché stavo spremendo la mia mente e il mio corpo come un limone. Quando fossi stato svuotato, mi sarei mangiato da solo.

"Agisce come un tumore" mi diceva "Ti consuma".

Era una giornata grigia quella del mio funerale, e mia madre era quattr'ossa in croce. Non c'era mia sorella. Ho pensato che abitasse lontano, si fosse sposata e vivesse in una casetta di legno su una distesa d'erba a perdita d'occhio. O forse era già morta e io non l'ho saputo. Perché nessuno me l'ha detto?

Non c'era neppure Bob, sono certo che lui si sia salvato.

Ha sacrificato me, che ero la sua parte migliore. Lui così saggio e nebbioso, ha saputo escludermi dal suo pensare, ed è andato avanti, né morto né vivo, anche se ricordo di averlo ucciso.

Eppure forse mi sbaglio. Su questo non riesco a far riaffiorare niente di definitivo.

Due vecchie signore che sussurravano

"Si è suicidato"

Io suicida? Non è vero. O è questa la soluzione dell'enigma? Io ricordo di avere ucciso Bob, ma in realtà è andata diversamente.

Allora perché?

Un tempo il suicida non veniva sepolto in luogo sacro.

Perché mi hai fatto seppellire in un cimitero, madre?

Per punirmi, l'ennesima volta.

Dovevate lasciarmi in pasto ai corvi e ai rapaci notturni. Quella era la mia fine.

E invece no.

Sento il peso dell'angelo in pietra che mia madre ha voluto sopra la mia tomba. Ci avrà speso tutto.

Per questo dicono mi volesse bene. Ma non c'è una mia foto.

Mi dispiace, avrei voluto vedere la mia faccia almeno una volta, ma sono convinto che lei volesse dimenticarla, ammesso che l'avesse mai voluta guardare.

Di che colore avevo gli occhi?

"Quegli occhi grigi come il ghiaccio, quanto ne avevo paura!" confida la vecchia amica alla sua vicina di casa mentre tornano dal cimitero.

Avrei voluto conoscermi.

"Sei l'anticristo" mi diceva Bob.

"Ma sei dio non esiste, amico Bob, vuol dire che non sono mai esistito" e poi il diavolo ha gli occhi di pece, io ho appena saputo di avere gli occhi di ghiaccio, trasparenti o bui, a secondo di quello che si riflette sull'iride. Dipendevo dal mondo, da chi mi guardava.

Ero lo specchio dell'amore mancato, della rabbia e del cielo che a volte il mio amico Bob mi faceva intravedere.

Mi chiamavo Gabriele, è inciso sulla lapide.

Sono passati ancora anni. Anni di foglie morte, di soli stinti, di afa estiva. Oggi 19 Novembre di un ennesimo anno, un uomo vecchio e curvo si ferma davanti alla lapide abbandonata in questo piccolo cimitero.

Mia madre mi aveva fatto seppellire nel piccolo cimitero del paese dove era nato. Viaggio breve, ma sufficiente per dimenticarmi ancora, considerata la sua età e le sue condizioni di salute.

"Povera donna" la gente avrà detto e forse ancora dice.

Se potessi zoomare sul volto dell'uomo che tace e mi guarda attraverso la pietra riconoscerei Bob; se fossi ancora dentro il suo cervello come lui nel mio, ascolterei il suo infinito monologo.

"Eccoti Gabriele, fuori dal pub, senza boccale di birra. Senza odio, finalmente sedato. Nessuno voleva che tu vivessi, occupavi uno spazio che non doveva esistere, vivevi come una bomba che poteva esplodere in ogni momento. Ora non fa caldo qui e da te farà ancora più freddo. Ecco la prima sorpresa: l'inferno è freddo. Ricordi gli spaghetti che tua madre lasciava in frigo per 10 giorni e per conservarli abbassava la temperatura? Spaghetti ibernati, li chiamavi quando ci affondavi la mano per mangiarli. Bastava quello e ti si gelava la carne fino all'osso. Ti passava la fame. Povera donna, non l'hai mai capita. Tu non potevi vivere a dispetto degli altri, non potevi esimerti dal soffrire. Tua madre soffriva, la Madonna soffriva, e suo figlio ha sofferto. Perché gli uomini smettessero di soffrire? No, perché chiamassero questa sofferenza la via per la salvezza. Ancora adesso, anche se sono quasi sordo e ci vedo poco, quando passo per le nostre strade sento dai muri delle case uscire il coro delle voci antiche. Ai presente i corifei della tragedia greca? Che stupido, scaricavi casse al supermercato e non eri in grado di fare nient'altro. Comunque sussurrano una cantilena che poi si fa coro minaccioso. Abbiamo sofferto, abbiamo pregato e tu cerchi la pazzia perché non vuoi unirti a noi? Soffrirai, soffrirai di più. La sofferenza ti dilanierà la carne e morirai, come noi, come tutti. E poi li vedo che escono dallo spessore del muro, stanchi e antichi, oppure sono ex amici, passanti, gente di qui, gente di ieri.

OK Gabriele, so che sei al freddo in un bagno di sudore ghiacciato, so che sei quattr'ossa, ma io, io devo cercare la mia pace."

Se fossi ancora nel suo cervello gli direi

"Vaffanculo Bob, ti aspetto qui, nel freddo e ci scalderemo insieme a furia di botte e cazzotti. E vedremo se riuscirai coi tuoi fiumi di ragionamento insensato a spiegarmi il rifiuto di mia madre. Forse perché non ero frutto di un'immacolata concezione? Ti ho sempre odiato, amico."

E di mio padre non dici niente? Sono certo fosse l'uomo che veniva al bar e vedevo riflesso nello specchio.

Mio padre, il suo ricordo o il mio desiderio.

Mi sono inventato un padre e di questo ringrazio la malattia, le mie allucinazioni.

Ora l'uomo mi gira le spalle e si allontana. È lento, quasi non volesse andarsene. È lento di una lentezza voluta.

Esce dal piccolo cimitero e si dirige verso la campagna, si siede sul bordo di un fosso, allunga la mano e gioca col terreno.

Lo buca, lo scava.

Il movimento si fa frenetico, come quello di un cane che cerca una tana o ci vuole nascondere un osso. Per quanto scavi non so.

So che lo vedo sparire lentamente nella buca fino a non essere più visibile.

"Pace all'anima sua" recito e vedo il volto di mia madre finalmente, mi sorride pensando che io abbia ritrovato l'anima.

"Così si dice mamma. Io non credo all'anima, credo ai fantasmi con cui mi hai corrotto il pensiero. Credo alle tue paure, ai tuoi mostri. Credo alla mia psicosi."

Guardo oltre.

E un altro uomo si avvicina, vecchio e curvo pure lui, ma, rapido, tira fuori una forza impensabile. Con la pala che tiene in mano riempie la fossa e se ne va.

So che è Bob. So che sono io dentro di lui.

Dicono di Bob che si sia ritirato in un monastero buddhista, ma lo aspetto qui e qui arriverà. Questa è una certezza.

Una vita in cinque step

Anne ricordava, oltre la ferrovia, oltre la strada larga su cui viaggiava, il progetto di benessere futuro; le case povere, tane nuove e pulite conquistate come la vittoria di un riscatto fresco. Fresco profumo d'orto e di basilico. Rame sui pomodori rampicanti, succosa insalata turgida di acqua con cui sognava il piacere di essere viva.

Campo di fragole ghiacciate nella sua memoria. Né pomodori e sole, né giochi di bambine, tane di case sognate e mai avute, nidi perenni in cui la madre è stata figlia e sarà zia, sorella e nonna, ava di un tempo in cui nasceva il mondo. Ghiaccio di frutta che ha perso il suo sapore. Ghiaccio dell'anima piegata dalla vita.

Anne è invecchiata e odia suo marito, piange la madre perché bisogna farlo. Ama suo figlio? Forse. Ma non saprebbe dirlo.

Anne brucerà nel deserto che erode la campagna, inaridirà sulla terra povera, nell'orto abbandonato dalle piogge; la sua pelle riarsa, le ossa ormai bianche prosciugate dal sole, sbriciolate all'aria.

Pietra – roccia – insetti e serpi – topi di fogna – cani randagi e gatti sofferenti. Non era questa la promessa.

Nel ghiaccio ferito da sottili crepe, rimane il profumo di pesca e rosmarino. L'arrosto atteso insieme alla domenica. Poi il ricordo scioglie. La frutta degrada al primo contatto con l'aria come il cibo del reparto surgelati. La vita di Anne è finita. Chi la ricorda più?

Dalla finestra, guardo Anne mentre vive.

INFANZIA DI ANNE

Anne vedeva i muri giallo – uovo, li toccava, caldi di sole. Era certa che fosse il meglio della vita, era nata nella casa, non aveva conosciuta se non quella. Ma era ordinata, dipinta di fresco, odorava di nuovo e questo le bastava. Sapeva che era una conquista. Sapeva che suo padre passava i giorni d'estate, finito il lavoro, a mantenere vivo quel profumo di soddisfazione, lavorandoci intorno con pennelli e vernici.

Anne si inebriava di quell'odore, e guardava le case lontane, con l'orto – i colori – i rumori, tutti uguali.

Specchio specchiato in specchi vicini. Anne cresceva su strada sterrata e guardava l'asfalto lontano. Curiosa. Timorosa. Stava bene dove stava, perché fare passi su un terreno diverso?

Anne crebbe convinta che il mondo fosse abitato da replicanti: una casa, quasi un cubo con un tetto e delle scale, l'orto e i fiori sulla porta, spazi giusti, anche il cancello e una ringhiera. Quando il padre la montò e la dipinse col colore che ha l'asfalto:

"Perché grigia?" si era chiesta "doveva essere verde, verde, verde!" come gli alberi oltre l'asfalto quando l'estate li fa esplodere di colori ingombranti. Li sentiva addosso, con le chiome pesanti, eccessive. Pianse e si fece male, si ferì con la sua forbice, quella con cui tagliava vecchi vestiti, per gioco. Nessuno si era chiesto perché.

Un episodio, uno solo in tutta la sua infanzia.

ANNE E LA VITA

Replicare. Questo era il modello. Per Anne l'orizzonte finiva esattamente dove finiva la vista. Oltre era il nulla, anche se mai ci aveva pensato.

"Niente chiesa, niente fede, nessun partito o sindacato". Il padre era alto, allampanato, il naso sporgente e carnoso, una stonatura, sul suo viso scarno poggiato sul collo esile, per essere maschile, e su un corpo asciutto, dai muscoli lunghi e sottili. Occhi placidi o spenti. Indifferenti. Eppure accudiva la famiglia con costanza e dedizione.

Replicare – confermare – conservare, cosa? Il profumo del minestrone, della salsa di pomodoro che stimolava l'appetito e garantiva la quiete ai pensieri di una bambina. Un cucciolo è tranquillo quando olfatto e vista promettono il sapore del cibo e il sonno della fame quietata.

Anne sapeva che il quadro sarebbe stato uguale, nel suo tempo futuro.

"Anne, ti sposi?" aveva vent'anni e si sposò.

Perché?

Per sentire i profumi della cucina e dormire sonni tranquilli.

Suo padre non invecchiava, sua madre era ormai obesa, ma ancora cucinava e lei ancora la guardava.

Cucinava per Anne, per il marito accidentale che le era capitato un giorno d'autunno, camminando sulla strada sterrata che portava dalle case giallo-uovo o bianco latte, seminate sulla terra della periferia, alla strada larga. Quattro corsie e il traffico che aumentava di stagione in stagione. Erano state buttate a manciata, da un pugno povero, come mais e riso di qualità scadente. Non avevano proliferato, pochi frutti – pochi abitanti.

La città si era sviluppata all'altro estremo e lì, lì era il paradiso della quiete e della stasi. Tutto fermo, tutto uguale. Tagliato fuori dalla strada di cui non giungeva neppure il rumore. Immagini lente, sempre uguali.

Eppure, Anne, se guardi con attenzione, i colori dei muri si spengono, il profumo di vernice fresca è svanito, l'orto è malato, i parassiti lo stanno minando.

Ma Anne ha un figlio e quando la madre muore, da un attimo all'altro, Anne prepara il minestrone per marito, figlio e padre. Poi accende la TV e la guarda, senza battere ciglio, poche parole scambiate con chi abitava la sua casa, Il padre saliva a dormire dopo cena, il marito guardava lo schermo, il bambino disegnava. Alla sera tutto deve tacere.

"Non urlare, non giocare. Disturbi il nonno, disturbi tuo padre"

Il figlio cresceva ugualmente perché chi nasce è destinato alla vita, se non muore prima. Il bambino cresceva da solo, come lei era cresciuta da sola, come soli erano cresciuti tutti, da generazioni. Era questa la tradizione, ma i profumi nell'orto si sentivano meno e da tanto mancava l'odore eccitante della tinteggiatura. Odore di pulito, odore di novità.

Cosa stava aspettando Anne? La morte? L'aveva vista, quando sua madre si era afflosciata davanti ai fornelli. Non l'aveva capita, anzi, ne era rimasta indifferente. Era un dato di fatto come la strada a quattro corsie che la separava dal mondo, come l'orizzonte vicino e tangibile.

Anne non aspettava.

ANNE E IL PASSAGGIO

Era uscita nell'orto quella notte. Cercava un po' d'aria fresca. La vicina che abitava il disordine della casa bianco-latte, le aveva detto che era la menopausa, tutto a posto, quindi. La casa bianca era sepolta da rottami, vecchie biciclette, mattoni tegole cuccia del cane. Il cane non c'era, neppure lui, e la vicina era una donna sola, vedova, un paio di figli lontani che non vedeva mai, fumava e beveva certo, ma stava bene. Così diceva e così sembrava. Avevano fatto amicizia, o meglio, parlavano quando si incrociavano a metà strada fra le loro abitazioni, dove i loro destini confinavano l'uno con l'altro.

Era una recinzione la sorte, per Anne. L'altra invece, Lucilla, era stata sbandata e nomade per tutta la vita, di letto in letto, di casa in casa, spesso sola, su una strada. Era approdata, non si sa come, al porto sicuro, di quella casa segnata dal degrado, assediata dalla trascuratezza. Tal e quale al volto e al corpo di Lucilla. Avevano stretto un legame quella casa e Lucilla, perché si somigliavano.

Anne era curiosa, per la prima volta nella sua esistenza, di una storia diversa da lei e dal suo replicare ossessivo, le stesse sequenze giorno dopo giorno.

Era uscita nell'orto quella notte, dopo avere raccolto confidenze di Lucilla. Ormai non le interessavano più i pomodori, i profumi del basilico e del rosmarino. Forse aveva bevuto un bicchiere.

Aveva fatto quattro passi oltre la recinzione, sola, nella notte blu, sulla terra battuta della via mai asfaltata, ingiallita dalla luce della luna e della nuova illuminazione sulla strada d'asfalto. Era arrivata al confine del suo territorio.

Il traffico era veloce e intenso su quella strada a quattro corsie, il rumore assordante, per il silenzio che avvolgeva Anne da sempre.

Ruotò su se stessa per tornare.

Un percorso lungo quanto i suoi anni di vita, camminava tranquilla e il tempo passava

"Troppo" pensava. Non finiva, non finiva mai.

E la casa, dov'era? Forse si era persa, al buio aveva preso la direzione sbagliata.

Forse era l'età, perché la casa c'era, inevitabilmente si trovava da quelle parti.

Senza l'immagine del suo rifugio, Anne sudava.

Era la menopausa, le diceva Lucilla mentre guardava lontano, verso una strada sconosciuta, verso ricordi illimitati.

Anne si arrestò. Le sembrava il suo orto, quello, la moto del figlio, la bici del marito, le sembrava il cancello di casa sua, dalla vernice corrosa, inesorabilmente grigia.

L'orto era lì, polveroso, la porta di casa era socchiusa. Forse l'aveva dimenticata così.

Tutto a posto.

"Tutto a posto" ripeteva, mentre entrava in cucina e la trovava vuota, mentre seguiva con la mano le pareti spoglie della sala, mentre scendeva le scale della cantina, mentre prendeva dal tavolo di lavoro del marito una forbice da giardino e un martello.

Li avrebbe schiacciati, tagliati a pezzi, quei serpenti. Piccoli serpenti, verdi e sinuosi che scivolavano lungo i gradini della scala interna. Portavano al piano superiore. Tanti, rapidi, sinuosi… c'era un loro nido, lo sapeva. C'erano nidi ovunque, serpenti, lucertole – aveva sempre avuto paura delle lucertole, fin da bambina, ma nessuno l'aveva mai saputo.

Doveva distruggerli, rifare tutto, dove vedere il vuoto, doveva finire l'ossessione, la ripetizione, un'immagine sull'altra, tutte simili, ma ora i serpenti… ora la sua casa era invasa da nidi di serpi in riproduzione.

Doveva fare qualcosa, quella casa aveva bisogno di lei.

Aprì le porte delle camere da letto, anguste e soffocanti nonostante le finestre spalancate; si soffocava in tutta la zona, ma non in quella notte blu, non più per Anne.

Vedeva serpenti sui letti sulle pareti, sopra i mobili e sferrò colpi senza direzione, in ogni direzione.

Poi si sedette sul pavimento, per riposare. Finalmente aveva liberato la casa dai serpenti.

Il sole arriva ogni giorno.

Anne ogni giorno preparava la colazione.

Anne quella mattina non lo fece.

Anne non pronunciò parola quando la trovarono. E non lo fece mai più.

Questo è quello che si conosce della vita di Anne.

www.ingramcontent.com/pod-product-compliance
Lightning Source LLC
Chambersburg PA
CBHW050905180626
46814CB00007B/2902